野いばら咲け――井上光晴文学伝習所と私　目次

プロローグ　別れの宴

いくつ乗物をのり継いだのか。どの列車の中でも、うわのそらであった。これは夢なのか。

いつか、こんな日が来る。作家、井上光晴さんのS字結腸癌発病の一九八九（平成元）年以来、心にそういいきかせていたはずだった。覚悟しようと思ってきた。肝臓への転移と手術がその翌年。そして、両肺に二次転移との知らせを受けたのが、一九九一（平成三）年。

それでも、九二（平成四）年五月三十一日の朝刊に、大きく逝去を告げる記事を見た時、つきとばされるような衝撃を受けた。

名古屋と東京都下、調布市との物理的な距離の遠さに、唇を噛まずにいられなかった。すぐに、と飛びたちたい思いが湧く。同時に、お前がいまさら行ったところで……、という別の声も内部に生まれ、かすめて消えた。

その日は、避けられぬ仕事が、三重県四日市市で私を待っていた。女性グループ主催の会で話をしてほしいと依頼され引き受けている。聴衆が足を運んでくれる仕事を、当日にキャンセルするわけにはゆかない。

仕事先から近鉄で名古屋へ。新幹線に乗り継いで東京へ。新宿駅から京王線に乗る。やっと調布駅に降りたった時、すでに黄昏が背をむけて去ろうとする頃になっていた。

一度だけ、以前にお見舞いに来た井上さんの自宅へと急ぐ。その時は徒歩で、その道程を心に刻むように、ゆっくり周囲を眺めながら行った。コスモスの紅や白い花が風に揺れているのを見つめ、柿の実の色づいた様を目にやきつけた。たたけばカンと硬質の音がはねかえってきそうな、碧い空だった。

さすがに今は、一分一秒を惜しむ思いで、タクシーに乗りこむ。

見覚えのあるレンガ塀の家に、灯がともっていた。人声が、外まで流れてくる。夕闇が私のゆがんだ顔をかくしてくれることに、いくらかほっとしつつ、ためらいがちに庭に入った。

通夜の、一般の客はそこから入って焼香台に向かうことになっているらしい。すでにおおかたの焼香客は、去った後のようだ。儀式の後といった空気、ほっと息をゆるめているような気配が流れ出していた。

このまま、誰にも何にも告げずに帰ろう。それがいい。深く頭をたれ、その場を去ろうとした。

「山下さん、上がってきませんか」

庭が薄暗く、その闇になれた目には、逆に明るい室内に誰がいるのか、わからなかった。男の声だった。誰だろう。ためらう私に、もう一つの別の声が、足を完全にとめさせた。

「山下？　山下智恵子さん？　ああ、熊沢光子を書いた人だ」

椅子にかけ、ステッキで上半身を支えている人は、やっと識別できた。特徴のあるしゃべりかた、端整な顔。手紙のやりとりでお世話になっている埴谷雄高さんにちがいなかった。

いつのまにか、私は井上家の部屋の中にいた。私に最初に声をかけてくれたのは、

「深夜叢書」の版元で俳人でもある斎藤慎爾さんだったろうか。名古屋在住の私の顔と名を知っている人は、ほかに考えられなかった。が、声の主は他の人達の中にまぎれて、姿を現そうとはしない。

紺色の着物姿の、快活に笑う井上光晴さんの写真が、斜めの横顔を見せて額におさまっている。誰かにうながされて、棺の近くに寄った。緊張でいまにも倒れそうな気がした。

井上さんは、静かに目を閉じていた。やせて白髪がめだったが、安らいだ表情であった。病による苦痛は、すべてぬぐい去られたのだ。よかった。だが、もう決して、あの独特の大声でひとを驚かせることはないのだ。顔のすぐ脇に、ボールペンが数本、守り刀のように入れられてある。

そのボールペンを見たとたん、熱いかたまりが、体の底から一気にかけのぼってきた。くいしばった歯のあいだから、悲鳴のような嗚咽がもれた。いくつも乗り継いだ列車の中で、ぐっと奥歯を噛みしめて、封印してきたものが、あふれてとまらない。書きたかったでしょう。もっと、もっと。どんなに書き続けたかったことでしょう。そんな思いがあとからあとから湧き出してくる。

「山下さん、はい、わかったわかった」

崩れおちそうになる私を抱いて、廊下の隅につれていってくれた人がいた。いい香りがした。肩を抱き、背をさする柔らかな掌から、あたたかい体温が伝わってきた。尼僧姿の瀬戸内寂聴さんだった。

「そうだ、この人も今夜、〝プーさん〟へ連れてゆこう」

事情がよくのみこめぬまま、私はタクシーに乗せられていた。新宿へ向かうらしかった。瀬戸内さんや編集者たちの行きつけの店を貸切りにして、親しい者たちで通夜をしようということらしいと気づいたのも、私などの行く場所ではないと、いついだそうかと悩みはじめたのも、タクシーの長い道中のさなかであった。

「きれいな顔になってよかった」と瀬戸内さん。

「うん、いい顔になった」と埴谷さん。

「みんなたいてい死顔はきれいになるでしょう。私、誰でもそうなるのかと思ってた。でも、平林たい子はちがった」

「そうかね」

「そう、すごい悪相でびっくりした」

私の横で、はしゃぐように話し続けるのは瀬戸内さんと埴谷さんだ。ドライバーの横のシートには中央公論社の女性編集者がいる。井上家の棺の中に井上さんを残したまま、タクシーはネオン街へと進んでゆく。看護や応待に疲れた井上夫人や二人の娘さん達を休ませるための、瀬戸内さんの配慮だったろうか。

夢中で井上さんの声に応えた

「プーさん」というこじんまりしたバーは通夜の人達を迎え入れて、不思議な雰囲気の空間になっていた。

二つの低いテーブルが置かれ、一つのほうには評論家の川西政明さん、九州出身のノンフィクション作家佐木隆三さん、評論家室伏哲郎さんなどの顔が見られた。声をかけてくれた斎藤慎爾さんがいたかどうか、どうしても思い出せない。

もう一方には『海燕』編集長、寺田博さん、『群像』編集長、渡辺勝夫さん（瀬戸内さんはカッちゃんと呼んでいた）、中央公論社『婦人公論』編集部で、瀬戸内さん付きの関洋子さん。私はどういうわけか、埴谷さんと瀬戸内さんの間に、肩をすぼめて坐っていた。

みんな、祝祭の夜のように、酒を飲み、歌をうたった。まるでそこに、井上光晴その人が居るかのように、陽気にふるまった。あの人は賑やかなことが好きだったから、と瀬戸内さんがいうと、みんながそうそうとうなずき、作り話の天才だったとか、気前がよかったとか、井上さんを評した。

瀬戸内さんの甥という人が、よく響く声で粋なシャンソンを歌って、姿を消した。私もあんなふうに歌い、座の人々を楽しませて、さりげなくこの場を去れたら……と心から羨ましかった。野暮で音痴で、何もできぬ自分がなさけない。それでもまわりからうながされて、どこの伝習所の歌だったか、「北の宿」の替え歌、もちろん井上光晴作詞のものを小さな声で歌った。

あなた変わりはないですか
日毎ノートが　たまります
読んでもらえぬ原稿を
涙こらえて　書いてます

作家志望の未練でしょう
あなた　恋しい水中花

埴谷さんはお得意のハウプトマンの『沈鐘』の一節を、目を閉じて朗唱する。佐木隆三さんは、〝無法松〟の歌。川西さんは……何であったか。

「みんな、踊りましょ、井上さんも一緒に踊ってるわよ」

寂聴さんが音頭をとり、足袋はだしになって阿波踊りを踊り出す。みんなもてんでばらばらに、手を振り足を蹴って踊った。踊る阿呆に見る阿呆、同じ阿呆なら踊らにゃソンソン。ア、エライコッチャ、エライコッチャ、ヨイヨイヨイヨーイ。ほらあ、もっとホンキでやれえ。井上さんの朗々とした声が頭の中いっぱいに響いた。踊りになっているのかどうか、手を振り足を繰り出す。汗か涙かわからぬものに、顔をしとどに濡らして、私も夢中で井上さんの声に応えていた。

一章――佐世保文学伝習所へ

なまなましい黒い石塊――井上文学との出会い

井上光晴という作家を、一読者として知ったのは、大学生の頃だった。実存主義作家の両雄といわれたサルトルとカミュの文学論争を口にするのが、いかにも時代の先端をゆくように思われた頃である。

演劇部に所属していたが、受験勉強に追われ、やっと大学に入った青くさい若者であったので、戯曲『汚れた手』の本読みに加わっても、実際のところは、サルトルも実存主義も理解していなかったと思う。

そんな学生であった私に、友人が井上光晴という作家を知っているか、といった。

そして、『虚構のクレーン』を読めという。

一読して圧倒された。胸板をどんと強打された思いがした。原爆投下後の長崎を、これほどなまなましく描いた小説は、はじめてであった。凄い作家だと思った。粘っこい独特の文体に魅了された。

たてつづけに、『死者の時』や『地の群れ』をむさぼるように読んだ。天皇制、部落出身者差別の問題が、重い石塊として私の胸にとびこんできた。差別される者が、さらに差別するという原爆被爆者の問題も。

魅了されてこの作家の異色のデビュー作といわれる『書かれざる一章』にも辿りつくことになる。前衛党内部からの、初めてのスターリン主義批判、告発の書といわれる作品である。作者自身の解説によれば、この処女作は一九五〇（昭和二十五）年二月に書かれ、『新日本文学』七月号に発表されたという。九州のある地区の前衛党員が、身をもって体験する現実＝飢える党員とその家族と、党の空疎な会議や教条主義。

一円も支給されない常任費のことを、苦悩の末に口にする主人公を、ある党員はこんな言葉で切って捨てる。

「……単純だよ。結局は革命に対する取りくみ方の問題だよ。（後略）」「……むろん常任費は二カ月もでていない。しかしわれわれはそれをただブルジョワ的に、単に苦しい苦しいと言っては、何事も解決できないんだ。敗北主義だよ」

まだ学生だった私は、戦後の食糧難の中で育ってはいたが、人民の救済のために闘う党の内部が、このような悲惨なものであったとは、知り得なかったので、この作品を党員として発表したという作者の告発の鋭さと、勇気にショックを受けた。

〝党の権威を失墜させる効果しかもたない分派的作品〟というレッテルを日共中央指導部から貼られたとか。朝鮮戦争勃発（六月二十五日）の直前に書かれたのだ。〝見て見ぬふりをしている日共内部の人間たち〟にむけて発せられた一章だったという。

模索の大学時代

それまでの私は、高校時代に太宰治に惹かれたり、三島由紀夫の豪華絢爛たる文章に眩惑された。乱読であった。大学では演劇部に入ったせいで、サルトルやカミュ、ボーヴォワールを読んだ。サルトル・カミュ論争。ボーヴォワールとサルトルとの自由な形の結婚。そんなものに、日本には無いヨーロッパならではの文化を感じ、それについて語ることで自己満足していた。実存主義もよくわからないままに。

ヌーボー・ロマンと呼ばれる映画や小説にも触れた。同時に、教養小説の主人公に自分を同化し、ロマン・ロランの『ジャン・クリストフ』や『魅せられたる魂』や、マルタン・デュガールの『チボー家の人々』にも惹かれていた。ごった煮のような精神状態だった。まだ自分というものもわからず、混沌としていた。

六〇年安保闘争は、前年の伊勢湾台風とその救援活動に続いて、私の学生時代の最も大きな出来事であった。

私は、ごく一般的な学生で、学生運動にのめりこむというタイプではなかった。映画や小説、恋愛に憧れるミーハー的要素の強い女子学生、それが私だといってよい。教養部の二年を終えると、文学部の専攻を選び、研究室が決まる。英語の成績もよくなかったし、当時はフランス文学、フランス映画、シャンソンの全盛期でもあったので、気どってフランス文学専攻を選択した。主任教授は、新村猛先生で、私が学部へ進む時期には中世ロマン語の研究などでフランス滞在中だった。

いよいよ、専門の勉強が始まるといささかはりきったやさき、身体に異常を感じた。右の腰にいいようのない鈍痛があり、講義の九十分が坐っていられなかった。そのうち、右腹部に激痛が起こる。大学の付属病院に行くと、遊走腎という病気だとの診断であった。やせた人に多く、腎臓が下がり輸尿管が曲がって腹痛、腰痛を発しているという。入院、手術をすすめられた。

学費を出してもらうのも、両親に申し訳ないと思う程の、経済状態を思うと、暗澹とした気分になった。父の扶養家族として社会保険を使うのと、医学部のある大学に在籍する〝学患〟としての扱いと、どちらが金銭的に楽ですか、と病院の会計係にたずねた。社会性に乏しい私にとっては、清水の舞台から飛びおりるほどの勇気がいった。〝学患〟のほうが、少し費用が安いと聞いてから、父母に入院、手術のことを話した。

遊走腎の外科的手術は、現代ではやらないといわれる。逆立ちをしたり、筋力強化で治ると医学関係者に聞かされ、ではあの三週間の苦行は何だったのか、と腹立たしくなり同時にばかばかしくなる。手術にもはやり、すたりがあるのか。

〝学患〟とは、医学部の学生たちの実習のためのモルモットになることだったのか、と唇をかむような思いをした。二十歳になったばかりの私には、屈辱という文字が頭をかすめる場面もあった。

手術は右の腎臓をひっぱりあげ、右の肋骨にピアノ線で固定するという非ロマンティックなものであった。

固定した部分がうまくおさまるまで、ベッドに仰臥したまま三週間、寝返ることも禁止された。これが、二十歳の私には、術後の傷の痛みより、渇きより、辛い修行のように感じられた。

フランス語の勉強が、ただでさえ遅れているのに六月をまるまる病院ですごし、そのまま夏期休暇に入ってしまうことが、みんなから取り残されてしまったような焦燥感を私に与えた。

やっと、大学へ復帰できたと思ったら、ここ愛知・三重等を中心に被害のでた伊勢湾台風の襲来である。死者五千人をこえる大災害となった。学生も多くの教授たちも、救援活動に参加した。ボランティアという言葉はまだ使われない時代である。私は病後のからだをかばっての、へっぴり腰ながら後方の救援活動に加わった。つまり、被災者のこどもの保育などである。男子学生は、南区港区の被災地で、死体収容などに力をふりしぼる者もいた。

六〇年安保闘争

年が明けると、六〇年安保改定反対運動へと、学内の目標が変わった。岸信介のひきいる自民党が改定案単独採決を強行して以来、反安保闘争は、民主主義を守れ！の声とともに、全国的規模にふくれあがる。アメリカの基地がさらに十年間日本のそここに存在し、米軍への攻撃は日本への攻撃とみなすとは再び戦争への道を行くことだ。私の在籍する名古屋大学の学生集会でも断乎反対という声明文が決議された。

アメリカの偵察機U2がソ連領空侵犯で撃墜され、日本国内の声はますます反安保・岸内閣打倒へと高まってゆく。新村猛教授を中心に、私たち名古屋大学の仏文研究室でも連日のように討論が繰り返され、授業はなく、デモに参加するようになる。

私もまた、演劇や映画、小説だけにうつつをぬかしていることができなくなった。

一九六〇（昭和三十五）年六月十五日。

国会南通用門から入った構内で一人の女子学生が機動隊員に頭を割られ、倒れたところを首を締めあげられ、息絶えた。東大文学部四年の樺美智子さんである。

死者一名、重軽傷者約五百名、検挙者百二十二名、構内には、おびただしい数の靴と、割られ、ひんまがった眼鏡などが、血だまりとともに残されていたという。この国会へのデモ隊の一員に、名古屋の高校で同級だった山下君も参加していたと聞いた。彼はノンポリだと思っていたが。

翌十六日。アイゼンハワー米大統領の訪日中止が報じられた。小雨のそぼふる中、樺さん虐殺に抗議する集会が全国で開かれた。

六月十九日午前〇時。新安保条約は自然承認という形で成立した。

名古屋での抗議集会の壇上で、樺美智子さんの死をいたむ詩、今から思えば幼く稚拙な自作の詩を、私は朗読した。アジビラの文句のような詩である。テレビカメラがジージーと音をたてて廻っていた。翌朝の新聞にも小さく記事が載った。

六〇年安保闘争は、いくつかの傷跡を残し、高揚感とその後に来た挫折感を我々に、味あわせて、終わった。

就職活動が始まった。私は、親の反対を押しきって、奨学資金とアルバイトで得た金を手に、上京した。反安保のデモに加わったという東京にいた山下君とのつきあいが、復活した。女子学生は採用なし。縁故のみ。軒並み門前払いをくらった中で、岩波書店と筑摩書房と、受験雑誌でのびていたO社の三社のみが、私に入社試験の機会を与えてくれた。

岩波と筑摩は面接までいったが、最終で落ちた。O社のみが、内定をくれた。

反対していた両親も、採用内定を知らせると、しぶしぶ許してくれた。東京へ出て、編集の仕事につきたい。自立したい。その夢が一歩近づいたと思った。

そろそろ卒論のテーマと題名を提出しなければ、と勉強の遅れを気にしていた頃、O社から一通の封書が届いた。「採用内定を取消す」と短く事務的な文字が並んでいた。東京での就職活動にも、お金がなく、山下君の下宿に泊めてもらっていたことが、興信所の調査でバレてしまったせいなのか。

焦った。就職は、ふりだしにもどってしまった。主任教授の新村猛先生に相談すると、「貴女は、童話の雑誌社か、教員が良いのではないかと思う」とおっしゃる。

幼い頃、なんども転校をくりかえした中で、教員という世界のオモテやウラをかいま見た気がして、教員にはなりたくないと思っていた。それなのに、私は教職の単位をきちんと取り、愛知県の教員採用試験も受け、合格していた。こういう、いやらしい部分が私にはあるのだ。いわば、保険を掛けるというような。そして、教師になれば父親が喜んでくれるだろう、と親の意を迎えるような部分もあったにちがいない。

新米教師として、母として

結論からいうと、私は当時の流行語であったデモ・シカ教師におさまったのだった。教師にデモなろうか。教師にシカなれない。という無気力学生を揶揄《やゆ》する言葉である。教員の社会的地位は公務員も同様で、当時は安月給の代名詞のように見られ、軽く扱われていたのだ。

新米のシカ女教師である私は、名古屋市郊外の愛知県立高校の国語科教員として、やっと職にありつくことができた。老いた父や母は喜んでくれた。

新学期そうそう、とまどうことの多い生活の中で、更に私を困惑させる事態が待ちうけていた。からだの異常である。妊娠していた。

就職活動の折、泊まるお金も身寄りもなかった私を、都下国分寺市の下宿に泊めてくれ、なにくれとなく援助し、励ましてくれた高校時代の友人の子をみごもっていた。彼は一浪していたので、当時大学三年生であった。

シングルマザーなどという言葉はなかった。新任女教師のおなかが、独身のまませり出してくれば、なんとふしだらな、私生児を孕んで、と断罪されることは必至の世相である。

友人は、東京から駆けつけて来て、父に結婚を許してくれるように、と頭を下げた。こどもの親になるということが、どれほど重く責任ある事柄であるかということを、私達はわかっていなかった。若さが、ただ事態を受け入れ、前へ前へ進もうとだけ、していた。

父には衝撃が大きかったにちがいない。末娘で甘やかし、可愛がって育ててくれた。父の四十すぎてからの子で、雨靴が泥でよごれると、父が洗って干してくれる。高校生になっても、襞スカートを布団の下にきちんと畳んで、寝押しをしてくれた。まるで母親がするように、私の身のまわりの世話まですすんでしてくれた父である。結婚前に、親の目を盗んで、子をつくったとは。父にとって、それは許しがたい破廉恥な行為であり、裏切りであっただろう。

私の顔を正視しようとせず、口をきかなかった。それでも、娘の窮状を救おうとしたのか、結婚は黙認してくれた。

春の遠足に、生徒を引率してゆき、勤務校に帰り着くと、父が倒れたという報が入っていた。脳内出血で、もう意識が無かった。一週間後、父は息をひきとった。私の無謀な行動が父の血圧を上昇させ、ストレスで脳の血管が破れたのではないか、と今も自分を責めずにはいられない。私が父の命を縮めたのだと。

東京の大学に通う高校時代の同級生山下君と、私は父の死後三週間もたたぬうちに、簡素な式をあげた。別居結婚だって？　学生結婚だって？　と周囲から好奇の目で見られたが、私はおなかの子をかばいながら、教師として夢中で仕事をしなければならなかったので、雑音は聞き流すことができた。未熟であること、若いということは、時に救いでもある。

新任教師の私は、着任後まもなく父の葬儀で、同僚たちから香典をもらい、同じ月に結婚式をあげて、結婚祝い金をもらった。その年内の十二月、無事に小さな女児を出産して出産祝いを受けとった。口の悪い同僚が、あとは本人の香典だけだな、と休暇と慶弔見舞金をもらってばかりの私のことを皮肉ったそうだ。まったく、ハタ迷惑な新任女教師であったろう。

狭いアパートの一室で、柳行李の蓋の中に小さな布団を敷き、赤ん坊を寝かせつかせる私の横で、卒論を書いていた夫も、無事に東京の大学を卒業し、名古屋へ帰ってきた。やっと親子三人の生活がはじまる。

こんな頃、私と夫は夜、二人だけの読書会と称して、フォークナーの『八月の光』を読んだ。そして、日本のフォークナーたらんとしていた井上光晴の『他国の死』を読んだ。

後からわかったことだが、あまり小説など読んだことのなかった夫にとって、この読書会は苦痛そのものであったらしい。新婚の妻の趣味に合わせてくれたのだろう。私ひとりが感激していたのだから、ひとり芝居もいいとこだ。

『他国の死』は、朝鮮戦争の生んだ暗部を鋭くえぐりとった作品である。秘密の仕事に従事した日本人男性。それを尋問するアメリカ軍憲兵の執拗な追求。繰り返す言葉が生み出す異様な雰囲気。その手法は粘着力があり、まさにフォークナーを連想させる。朝鮮人女性とのからみ。緊迫感の中で、直接に描かれることのない戦場のむごたらしさを読者にイメージさせる。その強引ともいえる手法に、私は魅了された。疲れるのだが、本を伏せることができない。やはり、井上光晴という作家は、私にとって特別の作家であった。

四人の子育ての中で小説を書く

それから数年、私は子育てと自分にむいていないと感じつづけた教師という仕事と、主婦業とを、どれも中途半端にしかできない自分に焦《いら》だち、劣等感におしつぶされ、元気を失っていた。

二人目のこどもの出産が、ひとつの転機となる。上のこどもを四年間、預かって朝から夕方まで、また、週一回、木曜日の職員会議が長びけば夜おそくまで保育してくれた実家の母が、二番目の子を出産した私に、「もう二人もは預かれん」と名古屋弁で宣言したのだ。母も迷いに迷い、いついい出そうかと苦しんだ末の発言だったにちがいない。

職場復帰を待ちかまえている同僚たちや、生徒たちへの思いと、すぐかたわらでミルクをほしがって泣く赤ん坊を抱きあげ、吾子へのいとしさとで身が引き裂かれるようだった。0歳児保育所も、育児休業制度も無い時代のことである。

しかたなく、私は退職し、専業主婦になった。いつのまにか、三人（あとでもう一人増えるのだが）のこどもの母になっていた。家事・育児はまさに波に洗われる砂山を毎朝毎晩繰り返し築くことのように思われた。

閉塞感、孤独感。そんな言葉でその当時の自分を語ろうとしても、ぴったりこない。こどもたちは、日々成長してゆく。その可愛らしさも味わってはいたし、家庭という安定した場所の恩恵も受けてはいた。だが、何かが私には欠乏しているように、思われた。飲もうとすればひいてしまう神話の中の水。たしかに自分は今、生きているという実感が心の奥まで届かなかった、とでもいえばいいのだろうか。妻であり、母であることを、ともかくもこなし、日常生活は平穏無事に過ぎていっても、どこかで、まだ十全に生ききれていない、半煮えのような自分が、じっと目を開けてこちらを凝視していた。

二十九歳の時、名古屋市在住の作家・小谷剛氏主宰の『作家』という同人雑誌の読者となり、会員になり、詩のようなものを書いて、同人にしてもらった。小説を書きはじめた後に生まれた末っ子をいれて四人のこどもの母親ではあったが、書きたい書きたいという内心の声に、いつも追いたてられていた。フライパンで炒《い》られる豆粒、ゴマ。そんな心境であった。いらいらとし、怒りっぽかった。

子育てのあいまに、書く時間をひねり出すには、自分の睡眠時間を削るよりほかない。受験勉強の時のように、深夜、机に向かった。娘時代は親に守られ、自分の勉強だけをしていればよかったが、主婦であり母である私は、そうはゆかぬ。大きなちがいだ。徹夜で同人誌の原稿を書いても、朝には起きて夫やこども達の朝食、弁当を作らねばならなかった。誰から頼まれたわけでもない原稿である。収入どころか、逆に同人費を支払って、学ばせてもらっている身なのだ。家族に、またしても迷惑をかけている……。だが、私は書かずにはいられなかった。下手でも、言葉たらずでも。ボツになっても、例会で傷つく言葉で批評されようとも。書いている時だけ、生きている充実感が得られるのだったから。

こども達や夫の抵抗が無かった訳ではない。けれども、私の意志のほうが、それらを上まわったということだろう。

「文学伝習所」を知る

一九七八（昭和五十三）年一月。「朝日新聞」の「天声人語」の欄に次のような文章が載った。

――作家の井上光晴氏が、昨年に続いて今年も佐世保市で「文学伝習所」を開く。三月末開講、一週間の予定である。

井上氏はわが国の現状を「子どもの教育ひとつを考えてみても、他人をけ落とす方法を研修する受験教育で、こんなことが続けば、他人の痛みを痛みとする人間など絶え果てる。われわれをめぐるすべての状況が、それを強いている」ととらえている。

そこから、伝習所を「風化しない思想の根拠地」とし「一方が他を教えるのでなく、集まった人たちが互いに思想を、求め合う場にしたい」という。文学を文学の世界に閉じこめず、普遍化するための実践であろうか。

氏は少年期を佐世保港外の海底炭鉱で送り、のち坑内夫として坑底に下ったこともある。戦時中の苦しい、暗い日々だったらしいが、それだけに佐世保は心の中に重い比重を占めるに違いない。調布市に住みながら、わざわざ西海の地に伝習所を開く理由のひとつはそこにある。だが、もうひとつ中央集権、商業主義とないまぜの文学への、鋭い問いかけであると思う。

　伝習所の趣意書の中で「如何に生くべきかという言葉より、恥部のみをくすぐる読み物におし流されている」現状に触れているところからも、氏が抱く危機感、中央文壇への違和感がうかがい知れるようだ。

（中略）

　地方を指向しながら、しかし氏は首都圏から脱出できない。首都圏を「現実」と置きかえてもいい。いったん商業主義と縁が薄くなると、たちまち生活に響いてくる。伝習所どころではなかろう。井上氏の書くものから、その無念さ、うめき声が聞こえてくる気がする。伝習所は、うめき声のぶつかり合う所でもあるのだろう。

（「朝日新聞」一九七八年一月十七日）


　これを読んで、行ったこともない西境、佐世保市へ行きたい、行こう、と強く思った。ほかならぬあの『地の群れ』の井上光晴が呼んでいるのだ、と思った。

　こども達は長女十六歳、もうすぐ十二歳になる次女、三女九歳、末娘はまだ四歳の幼稚園児であった。それらの子を残して、一週間近く主婦が家をあけるなど、当時は正気の沙汰ではなかった。それでもなお、行きたいという思いのほうが、世間の常識よりも強かった。夫やこども、姑の思惑も、私を押しとどめることはできなかった。

『婦人公論』女流新人賞受賞

二年前の一九七六(昭和五十一)年、書きあげた短篇小説を、同人雑誌に送らずに、目にとまった『婦人公論』女流新人賞に応募した。締切日にまだ間に合う、そんな程度の気持ちであった。いつもとは違う誰かに、自分の書いたものを読んでもらいたいと、魔がさすように、不遜にも思ったのも事実だった。

この時、福山市の中山茅集子さんの「蛇の卵」を推したのが、選者の佐藤愛子さんと田辺聖子さん。私の作品「埋める」を三浦哲郎さんが推して、長時間の討論になったと、後から編集者に知らされた。両者ともに自論を譲らず、結局、二人同時受賞という形で決着がついたのだという。

選評は、佐藤愛子さんが、まず「蛇の卵」の〝忍びよる老いの中にゆらめく女の情念を日常の中でさりげなく捉える、このむつかしいテーマを、作者はよく真面目に克明に追求した〟と評価し、入選作と思い決めて選考会に臨んだ、とまず記しておられる。私の作品については、〝「埋める」の山下さんの文章は完璧である。実にうまい。これだけの描写力のある人は、過去二年間の候補作の中にはいなかったと思う〟と述べた上で、〝しかし私には作者が気分に乗って書いているところが気になった。文章力が先行して、訴える力が弱いのはそのためではないだろうか。しばしば、才能ある人が陥る陥穽にこの人も陥っているという気がする〟と、鋭い指摘をされた。

田辺聖子さんは、〝なんでもない日常生活を描写しつつ、ぶきみな悪意を出すのは容易ではない。「蛇の卵」を推す所以《ゆえん》である〟と、これも中山さんを支持。私の作品は〝私はこれを佳作第一席とするつもりだった。作品の完成度からいえば「蛇の卵」より上であろうが、しかし、この作品などは、そのますぐ『文學界』や『新潮』にのせられてもおかしくないように思う。そこにこの作品の不満もあるように思った。文章も手なれてよみやすい。うす明るい闇の中のような、女の心象風景が夢とも現実ともつかず展開されてゆく。結構、おわりまで一気によませられるのだが、すこし私にはそのソツのなさが不満であった〟と評しておられる。

二対一で頑張って下さった三浦哲郎さんは、〝私は、山下智恵子さんの「埋める」

を推した。この作品の出来ばえは、短篇小説としてほとんど非の打ちどころがないといっていいだろう。なによりも鍛えぬかれた文章のよさに感心した。あやふやなものはいっさい排除して、主人公の感覚に密着した文章である。それで行間に、帰ってこない男を待つ女の哀しさやむなしさが詰まっている。すぐれた作品は読む者を作中の世界へ引きずり込んで、酔ったような気持ちにさせてくれる。私は「埋める」を読みながら、そんな軽い酩酊感をおぼえた〟とまで、書いてくださった。

　我田引水の長々しい引用で、まことに気恥ずかしいが、過去の一瞬の輝きが忘れられぬ愚者の行為と嘲って見逃していただきたい。

「この賞は、別に文壇への登竜門というわけではないし、なにもお世話はしませんよ」

　のっけから編集者にいわれたとおり、女流新人賞をもらっても、私の生活はそれほど変わりはしなかった。むしろ、同人誌の仲間の冷たい言葉に傷ついたほうが、強く印象に残っている。

「どうして女流新人賞なの？『文學界』でも『群像』でも新人賞はあるのに」

「主宰者に黙って投稿するのは、ルール違反だ」
そんなルールが、同人誌にあるとは知らなかった。師匠のお許しが出なければ、他流試合はダメだというのだろうか。まるで家元制度のようだ。心の中で、私は反撥した。

たしかに、女流という言葉には、私自身、抵抗はあった。だが、どんな小さな評価でもいい。誰かの妻、母であることのほかに、自分を認めてもらいたかった。そんな時、たまたま自分の身近にあった雑誌が『婦人公論』で〝女流新人賞〟の枚数も、締切日も、書きあげたばかりの作品が合致したというにすぎなかった。

受賞後、当時の名古屋ではものを書く女性が少なかったからか、地元の新聞にエッセーを書かせてもらったり、テレビのリポーターの仕事が舞い込んだりした。どんな仕事も、こども達を見てくれる人をまず確保し、あらゆる手当てをつくして、こなしていった。すると、「あの人は有名になりたい人」と同人誌仲間が噂していると、親切に教えてくれる人もいた。なにをいわれても、自分が何かの役に立ち、その報酬をもらえることは、嬉しく、エネルギーが湧いた。

受賞者二人で「文学伝習所」へ

その二年後に出会ったのが、「朝日新聞」の「天声人語」の文章であった。同時受賞をした福山市の中山茅集子さんと誘いあって、佐世保文学伝習所に申し込みをした。三十九歳の春のことである。

夫は「いま以上に小説を書くの？」と憮然とした表情でいった。詩や短歌、童話の範疇で、奥様の知的な趣味程度にとどまっていてほしかったのだろうか。それでも、真正面から、反対とも行くなともいわなかった。本音をいわせないもの、反対をはねかえしそうな勢いが、私のからだ全体からあふれていたのかもしれない。夫に包容力もあったのだろう。

受講料はともかく、佐世保までの旅費、事務局が斡旋してくれたビジネスホテルの宿泊代金を合算すると、かなりの出費となる。困惑している私に、高校生の長女がおとし玉貯金を貸してくれた。じつに有り難かった。同時に、経済力の無いことの悔しさが骨身にしみた。

一九七八（昭和五十三）年三月二十八日。

夜行列車を乗りついで、はじめて長崎県佐世保市にたどりつく。当時のメモ帳がある。そのまま記してみる。


三月二十七日　朝、郵便局へ。買物。マカロニグラタンと煮物で、こども達と夕食。入浴。午後七時家を出る。新幹線ひかり号で新大阪へ。寝台特急あかつき3号。眠れず。

三月二十八日　九時半、佐世保着。駅員に富士ホテルを教えてもらう。ルルド教会、貸衣裳屋。四ヶ町アーケード街通りぬける。西沢屋本店という建物の階上にNBC学園がある。ここが会場。

向かい側の銀行で新入行員の入行式。玉屋デパート角のすこし先に、今日から泊まる富士ホテルあり。

朝、目に見えぬほどの雨が降っていたが、昼ちかく、陽が射してくる。

三時から六時まで講義。思っていたよりずっと若々しく声の良い井上さん。一見、スマートな労組専従オルグ風の印象。内緒だけど。

新聞社、テレビ局など多数取材に来ている。課題「売春婦と客の会話」を土地の言葉で書け。原稿用紙一枚。私は、名古屋弁で、今池界隈をイメージして書いた。

夜、「ふじ乃」という居酒屋の奥座敷で二次会。離婚覚悟で参加という鎌倉の女性。くず屋さん。バイトで金をためてやってきた山男。焼酎といわしの刺身。ピカピカ光っているいわし。なんにでも本気の井上さん。「コラッ！　本気でやれッ！」と叫ぶ。気に入れば大声で「サイコーッ！」だ。

宿に帰って、宿題の『サキ短編集』読む。午前二時就寝。

佐世保市島瀬町のＮＢＣ学園という所が、文学伝習所の会場であった。黒板と教卓のまん前、最前列に私と中山さんは陣取った。

井上講師のひとことも聞きもらすまいというけなげな決意の表れだったろう。昔から、こういう優等生的なイヤミな部分が、私にはある。

細身のからだに、洒落た開襟シャツ。長髪をかきあげながら、講師は登場した。ひびきのよい大声が、かすかな九州なまりのイントネーションとともに、快くからだにしみた。

私がはじめて参加した第二期佐世保文学伝習所は、朝日の「天声人語」の影響なのか、あちこちのマスコミにとりあげられた。

「朝日新聞」長崎版（一九七八年三月二十九日付）には、熱弁をふるう井上講師とともに、最前列の私の姿も載った。見出しは、

　型破り授業で始まる
　　井上さんの佐世保・文学伝習所
　　　思想求める多彩な顔ぶれ

とある。

――「初対面というのは、何かいいにくい。妙にきどった文学論は、受けこたえに困るので、やめてほしい。（中略）」開講のあいさつは、大のしょうちゅう党らしく型破り。受講者は五十五人。地元佐世保市から十三人のほか、東京、長野、福井、沖縄など全国から集まった。職業も、教員、国鉄職員、保母、歯科医、食

堂経営、主婦、学生と多彩。女性のほうがやや多く、年齢も十四歳から五十九歳までと雑多。（後略）

最初、井上光晴さんの文学伝習所の構想は、もっと大きなものだったらしい。設立委員会に賛同者として名をつらねたのは、竹内好、橋川文三、大江健三郎、佐多稲子、野間宏、埴谷雄高などであった。

勝海舟が、世界を目指せと、日本の青年に航海術を教えたという海軍伝習所にあやかって、井上さんは文学伝習所と名づけたといった。佐世保の辻市長が、市有地三千坪を提供すると約束。そこに学校を建設する……というスケールの大きなはじめの計画は、資金難等で挫折する。

ここで退かないのが井上流だろう。たった一人の講師で、出航するのだ。〝俺は独りでもやる。海岸にテントを張ってでも……〟と歯をくいしばっていったと聞く。

帆は一九七七（昭和五十二）年にあげられた。その趣意書を読む時、二〇〇二（平成十四）年の今もそのまま、通用しそうな内容である。

――いま日本民族は、人間として内部から崩壊しようとしています。水と空気を蚕食しつくしてとどまるところを知らぬ列島の汚染に見合うかのように、そこに生きる人々の思想と心情が、荒廃の淵に立たされていることを認めないわけにはいきません。

愛用の安いボールペンで、大学ノートに横書きに記している異色の作家、井上光晴の姿が、ありありと浮かんでくる。額におちかかる髪をかきあげ、悪霊の時代をおしとどめようとするように、一息に書きあげたにちがいない。

自縛の縄がはらり解けていく

私が文学伝習所に行くといった時、あるいは行ってきたと告げた時、小説に関わる人の反応は、おおむねクールであった。否定的といったほうがいいかもしれぬ。

「文学って、伝習できるもの？」

「井上光晴？　イデオロギー強すぎるね」

一部のマスコミに注目され、そのぶんいわゆる文壇からは、冷ややかな視線、あるいは無視されたのではないか。井上さん自身が、文壇から身をひいた所に、一貫して立っていたのでもあるが。それは、彼の矜持がなせるわざだったかもしれない。

文学伝習所の受講生へのパンフレットには、〝「文学とは何か」の根元を問い、想像力と表現の方法をそれぞれの個性を通じて養う〟と明記されていた。

左から著者、井上光晴さん、中山芽集子さん

が、たった一人の講師で、昼の部も、「ふじ乃」での夜の部も一週間ぶっつづけで全力投球するのは、エネルギッシュな井上光晴さんをもってしても、心身ともに疲労困憊して当然であったろう。時に井上さん五十二歳であった。

第一日目の講義は、世界と自分、社会と自分の関係、現実を凝視し、そこから真実をさぐり出して撃つことが必要と力説。伝えたい意欲に、書く速度が追いつかぬのか、チョークが黒板にぶつかって、幾本も折れて飛んだ。

コリン・ウィルソンが、アメリカのニュージャージー州ラトガス大学の創作科で、講義した時のエピソードを紹介しながら、文学とは、小説とは、を熱く語る。

コリン・ウィルソンが学生たちに小説を実際に書かせた時のこと。『ギター』という作品を提出した学生以外は、まったく注目するような作品に出会わなかったという。「彼等は上手に書くが、何もいうことがない」と講師は嘆いたというエピソードだ。

小説は技術ではない。技術の伝達は可能だが、それ以上のものを含む、とコリン・ウィルソンは語ったといい、自分のいいたいこともそれだと、井上さんは伝えた。

亀井文夫の『戦ふ兵隊』という映画も、題材にとりあげ、いかに現実の奥の真実を照らしだすかを、熱心に説明する。行進してゆく関東軍をじっと見つめる中国人たちの顔、顔、顔。たてまえは戦意発揚をねらった映画としながら、あの中国人たちの顔を撮ったのは、亀井文夫の真実をえぐりだすすごさだ、と。

中央の最前列に坐った私は、作品の朗読役に指され、こどものように喜び勇んで、何度も前へ出て読んだ。晴れがましく、前に坐って良かった、と思った。小学生のように先生に注目されたがっていた。
　家庭の主婦になってから、忘れていた学生時代の感覚や感動がもどってきたようであった。掃除も料理も下手、社交嫌いの出来の悪い嫁・妻・母。家にいると、結婚生活、主婦業に自分はつくづく向いていないと思われ、自信を失くし、自己評価は下がる一方であったのに。

作品の朗読役の指名され、喜び勇んで……

　自分を縛っていた縄が、はらりはらり解けてゆく心地よさ。昔の、作文を父にほめられた少女の頃の自分が甦るような気分であった。本は大好き。声に出して読むことも得意。勉強も、好きな科目だけは進んでやることもだった。昔の自分をとりもどし、自信が湧いてくる。その喜びに、家族を残してきた後ろめたさは、押しのけられた。

〈メモ帳からの抜粋〉

三月二十九日　ホテルの窓から教会の白い塔が見える。鳩がとびたつ。その翼の白さ。七時起床。原稿二枚書く。朝食。食事の準備も後かたづけもなし。掃除もこどもの世話もなし。天国だ。

昼、パンと牛乳。三時から講義。モチーフとテーマについて。井上さんの作品「ミスター・夏夫一座」を創作した時の実例をあげて。ある辺境の地。井上さんがひとけのないバス停の前に立った時、一枚のチラシが時刻表の上に貼られていた。それを見た瞬間、あ、これは小説になるとひらめいた。どさまわり一座と廃鉱になったさびれた町が、イメージとして、ふくらんだと。あっ、小説が書ける、と激しく刺戟されたと。

この「ミスター・夏夫一座」という短篇は、一九六五（昭和四十）年一月に『文學界』に発表されている。どさまわりの芝居を打つ一座が、廃鉱になった町の公民館で、興行する。木戸番の男の前に置かれたボール紙の箱には、百円札や小銭が、せいぜい十名分しか入っていないのに、会場にはいつの間に、どこからはいりこんだのか、数百人の観客がいて、一座の人間は動揺する。バスも素通りしてゆく不可思議な町。『井上光晴作品集』第三巻、勁草書房刊の解説の中で著者自身が、〝廃鉱群の連なる北松炭田の石炭積出し港の「未来」を想像して〟この作品を発表したと記している。まるで、公民館の地下に、町のそこここに通じる地下トンネルでもあって、生産の手段も奪われ、交通の便も無い捨て去られたような人間たちが、ドブねずみのようにタダで芝居を見ようと集まってきている……というような不条理な小説である。『地の群れ』が発表された二年後の作品。『地の群れ』についても、原爆被爆者が固まって生きることはあっても、あそこに書かれたような現実の〝部落〟はない。海塔新田という場所は、作者の創作だと、やはり同じ解説の中で、著者自身が語っている。フォークナーの架空の地域を連想させる言葉だ。

本気の嘘、嘘の本気

自由参加ながら、夜の部の「ふじ乃」では、焼酎、ビールなどのさし入れがあり、のどが潤うと心も潤うのか、私達受講生はしだいにうちとけていった。一人が悩みを語り出すと、座のみんなの問題として考え、それぞれ借りものでない自分の言葉で語ろうとした。井上さんも、その仲間の一人だった。

夫との離婚を考えているという人、仕事上の人間関係に悩む人、沖縄から二人の学童をつれて参加した人は、沖縄の現状を訴えた。一人が語れば、みんなが考えた。一人が歌えば、他の者もそれに和し、手拍子を打った。

長野から来た山男のOさんは、のびのある美声で、歌がうまかった。

〝木曽のナァ――〟と彼が朗々と歌いだすと、みどり濃い山峡を縫って流れる木曽の清流や、川風までが感じられ、筏をあやつって川を下る蓑笠つけた船頭の姿が、眼前に浮かぶ。一座の者達は陶然と聞きほれた。

すると、井上さんが髪をかきあげ、ズボンのベルトのあたりに手をやって、よし、つぎは俺、と立ちあがる。待ってましたッ！　と声が掛かる。細い腰つきが妙になまめかしい。

〝アリラン　アリラン　アラリョ――〟細いズボンの右足が、こきざみに揺れる。独特の節まわしが、泣くように呻くようにひびいて、肺腑にくい入るようだ。

しばしの静寂が、座を支配する。そののち、みんなが手を打ち、サイコー！　と叫ぶ。高揚し魅了され、焼酎にも歌にも酔い、時のたつのを忘れた。

三日目の講義は、想像力と技術について。想像力が現実にうちまかされているようではダメだ。真実の核をさぐりあてなければ。講師は熱っぽく語る。

想像力を鍛える実際の方法の一つとして、三冊のノートづくり法を教えられる。大学ノート一冊には、朝から晩までの行動、出来ごとを過不足なく、主観をまじえず機械的に記録する。二冊目のノートには、同日の朝から晩までの心の動き、感情を記録する。三冊目には、架空の人物になって、たとえば書き手が男なら、女の視点で、想像してどう行動するかを書いてゆく。この三冊同時記述を一カ月つづけたら、あなた達の想像力も表現力も、ぐんと伸びますよ。井上講師が力強く断言すると、聴講している者は、今からすぐにでも、始めたい気持ちになる。言葉にこめられた熱が、聴く者を動かさずにはおかない。

だが、この熱が、井上講師を離れ、伝習所を離れた日常生活の中で、どれだけ持続するのかが、問題なのだ。

この日の実習課題は、五十枚の短篇を想定した書きだしの部分一枚。テーマは「市場」または「血」。

最初の二、三行で読者の心をひっつかまんとだめですよ。ありきたりのことではね。講師の言葉に縛られて、受講生はペンが進まず、原稿用紙をみつめて、脂汗を流さねばならなかった。

小器用な技術など、完膚なきまでにやっつけられる。下手でも、書きたいものの性根が据ったものを感じさせる作品は、うん、これは、とすこし賞める。だけども、俺だったらね、とその場で黒板に小説の一端を即席で書いてみせる。問題意識に迫る鋭い視点と、並々ならぬ描写力を見せつけられ、受講生は圧倒される。

三十九歳の主婦、同人雑誌歴ほぼ十年の私が、伝習所で解放感を味わい、大好きな書くことだけを中心にした生活をしていた頃、名古屋の自宅では、母のいなくなった家で、四人のこども達は名状しがたい不安の中で、日を送っていたらしい。夫には会社という居場所があり、仕事という日々動いているものの渦中にあって、妻や子の存在を忘れていられる。

しかし、こども達は春休みなので、どこといって定まって身を置く場所がない。定まった時間割がない。母のいない家は、荒涼としていたのだろうか。さぞかし、一日が長かったであろう。とくに、長女は責任感の強い真面目な性格なので、妹達の面倒をみたり、家事をこなすことに疲れても、自営業で忙しい父親に愚痴をこぼすこともなく、そのぶん大きなストレスを抱えこんでいたのではないか。

　敷きっぱなしの布団の上に坐って、「お姉ちゃんが、『このまま、お母さんが帰らなかったらどうする?』ときいた」と妹娘達から、ずっと後になって聞かされた。「お父さんのほうがお金持ちだから、お父さんと暮らす」と答えた子や、「ママがいい」といった子があったらしい。

　こんなことを、妹達に質問した十代の感受性の強い時期の長女の胸中を察すると、実に苦しい。どんなに不安と孤独にさいなまれていたかと、不憫でならない。そういう思いをこども達にさせて、私は小説を書くことを学んでいたのだ。自己実現。母であり妻であると同時に一人の人間なのだから。そう自分にいいきかせての伝習所参加ではあったが、こどもの心に与えた深い翳を考えると、やはり胸が痛い。井上講師の言葉のように、自分の自由と他者の自由との相克が、私の家族の上におこり、思春期の娘を痛めつけていたのだ。

　四日目。講義は井上作品『黒い森林』を題材にして「わかりやすさとわかりにくさについて」がテーマとして話された。短いソヴィエト連邦滞在の経験から生まれたこの小説は、やがて来るソ連崩壊の日を予言するような萌芽が、鋭く描かれている。

思想犯として密告され、ラーゲリ（収容所）から帰った作家ブーガリクを創り出すまで。作中に出てくる秘密地下出版詩集〝吠えろ密林《タイガ》〟を描くこと。そのイメージを刺戟したバスの中での実体験などが、こまごまと語られた。

講師がモスクワで、一人バスに乗ったときのこと。こまかい貨幣がなかったので料金箱に料金を上まわるお金を入れ、そのままバスの中ほどに進んだ。すると、ほどなく人の手から手へと、釣銭が送られてきたという。聞きようによっては、ちょっといい話、というふうにも聞こえるが、講師は、ぞっとしたと話す。隣人が隣人を見張り、何かあれば、すぐ密告する。そんな社会を肌で感じとってしまったという。

「現実をじっと見とればね、モスクワの詩も書けるんだよ、何年もいなくても。俺は一カ月しかいなかったけど、書いたよ」

九州のなまりがかすかに残るイントネーションは、なぜかセクシーだ。講師はきっぱりといいきる。余分な説明は無いほうが、読者の想像力を刺戟します。わかりやすいことが、単純にいいとはいいきれないわけよ。自分の中にうずくまる断片、情景をたえず手放さずに持っていることです。ただし、いつでも研いでおらんとイメージは衰弱するからね。
　講師の大声は、どこまでも熱っぽく受講生の心に響いた。触発され、エネルギーを鼓舞され、こちらも情熱でみちみちていた日々だったと、これまで私は、伝習所の体験を、一本調子で人に語っていた。それは、嘘ではないが、ほんとうは四日目あたりで、心の内側に葛藤もかかえていたといったほうが、正直だ。メモ帳からまた引用してみる。

――夜、「ふじ乃」へ。昨夜はあれほど楽しく高揚したのに、今夜は何故か空しい。仲間と肩を組み、歌をうたっても、昨夜のようには心から楽しくはなかった。自由を感じていたのに、今、不自由を意識している。女だからか。スクラムを組む時、五十歳をすぎたとは思えない若々しく姿勢のよかった人が、急にぐらりと小さくなった。本気の嘘。嘘の本気。

　今、読み返してみると、主婦として四人の子を育てることに精いっぱいだった三十九歳の自分が、いきなり文学伝習所という解放区めいた雰囲気の中にはまり、とまどっている様子がうかがえる。解放区にとどまる時間はどんどん減って、やがて現実の日常生活へ帰ってゆかねばならぬ事実が、私を憂鬱にしていたのだろう。

両方の場所に落差がありすぎることが、わかっていたからにちがいない。講師の姿も大きくなったり、生身の、年齢通りの人になったり、ゆらいで見えたのかもしれない。

〝俺の中のくだらん部分も見ろ〟

講義はますます熱をおびた。自身の創作エピソードなどが、惜し気もなく披露される。朝鮮戦争のアメリカの暗部に、知らずに関わってしまった九州の地方都市の男や朝鮮人の女を、一カ所に閉じこめた設定で描いた『他国の死』を書きすすむ途上、同時進行で『荒廃の夏』をも書いていたこと。二作ともに、朝鮮戦争でなされたアメリカの犯罪的行為と、この戦争で経済的に息を吹きかえした日本のありようへの鋭い批判が、根底にすえられた作品である。

原爆が投下されてまもない長崎市の、浦上天主堂を訪れた時、一人の青年が地上に転がるマリア像の首に手を触れるのを目撃した瞬間、井上さんは激しく創造力、想像力をかきたてられたという。この時、目に焼きついた原画のような光景が、イースト菌の働きをし、あの名作『地の群れ』を生みだしたのだというのだ。

さらに、この場面は、劇作家田中千禾夫氏の想像力をも刺戟する。あれを使わせてもらっていいか、という田中氏の申し出を、井上さんは、受諾する。かくて、あの『マリアの首』と言う衝撃的な戯曲が誕生した。一つの場面が、表現者の内部に青白い火花を発光させ、それが導火線をたどるようにはぜて、別の表現者を揺すぶり、作品を結晶させる。聞いているこちらの背すじにも、鋭い電光が走るような気がした。

異常な体験、稀有なできごとを体験したとしても、それだけでは小説にはならない、と講師は説く。体験を思想化し、原体験としないかぎり、風化してしまう。原体験として定着させるためには深い洞察力が必要だという。

その実例として佐世保での少年時代の親友のエピソードが語られた。戦前の小学生時代、仲の良かった朝鮮の少年と二人、互いに励ましあって勉強し、早くおとなになって独立したいとその夢に「独立少年隊」と名づけていた。それがどこからどう伝わったのか、ある日、二人は警察にひっぱられる。独立という語が危険思想とニラマ

「ふじ乃」にて

レたらしかった。一晩留置場に泊めおかれた。

「ばあちゃんが、どげん悲しんどるか」と光晴少年は、四歳の時、自分と妹を置いて家を出ていった母にかわって、賄いや露店での茶碗売りをして養ってくれている祖母の身を案じて、まんじりともしなかったという。

おとなになったある日ある時、彼はかつてのあの仲良しの少年が軍服の胸を誇らしげに張って彼を黙殺して歩き去る姿を目撃する。

少年の日、警察権力に純な心をおしつぶされた無残な体験は、友人の中に何も生かされてはいないのか……。

夜の「ふじ乃」では、井上さんは自分の席にじっと座ってはいない。横へいって酒をすすめ、その人の抱えている悩みを聞きだし、話しこんだり慰めたりに忙しい。実にまめである。全身これサービス精神にみちあふれている。当時の伝習所では、井上先生というと、井上さんと呼べと訂正された。俺たちは対等なんだ、と井上さんはいった。対等ではない、と私の心のどこかが、異議を唱えたが、口に出せなかった。そんな雰囲気がみちていた。

「俺の中のくだらん部分、それも見ろよ。新宿ゴールデン街で飲んだくれて、くだらんことをやってることもある。ここで立派なことをいっている俺と、欲望をかかえた俺と、その全体をどうとらえるか、それは自由だ」と挑むようにいう井上さん。さまざまな話し声がわあーんと私の頭の中に反響して、あちこちで不協和音となる。

「恋をしたかって悪かこつは、いっちょもなかと」

誰かが、妙な九州弁でいう。

「そがんそがん。ふられてもともとやから」

誰かが応じる。

酒に弱い私が口にふくんだ焼酎は、独特のにおいで頭の芯をしびれさせ、口腔を焼き、刃物のように咽喉を痛めつけてすべりおりてゆく。混沌。かすかな希望と、もっと大きなどうにもならない虚無のようなもの。

井上文学の原風景・崎戸島

五日目。

井上文学の原風景ともいうべき崎戸島へ、明日晴れていたら行きませんか、という前日の講師の言葉に、私もふくめて大多数の受講生が、行きたい！　雨が降っても絶対行きたい！　と即答した。

当日は、朝から気持ちよく晴れた。その時の印象を、帰名してから、当時所属していた中部短歌会の歌誌に、次のように綴っている。

——（前段略）井上光晴氏の郷里であり、井上文学の原風景でもある崎戸炭鉱跡地へ、野外実習に出かけた。美しい海に囲まれた丘の上の炭住、納屋（炭坑従業員の住宅はそう呼ばれた）跡は、野いばらが地を這い、だん竹《じく》がおい茂る荒野となっていた。

戦後、好景気の時に建てられた鉄筋コンクリートの炭住団地は、がらんどうの廃虚と化している。窓という窓は暗くうがたれ、扉は破れ、鉄柵は錆びてひんまがっている。コンクリートの骸の群れであった。（後略）

（『短歌』一九七八年五月号より）


朝九時、市営桟橋から船に乗りこんだ伝習所の一行は、海風に吹かれ、遠足の小学生のようにはしゃいでいた。崎戸島を囲む海は青緑色で美しく凪いでいる。沖で、海上自衛艦々上において、何かのセレモニーらしきものが行われているのが、見はるかせた。馬込桟橋に到着。

井上さんの小説『妊婦たちの明日』（一九六四年刊）は、この土地を舞台にしている。炭鉱閉山で島を去った男が、二年後に、島の人がみな疥癬にかかっているという奇妙な噂を聞いて訪れる、という設定の小説である。

ひとけの無い荒れはてた島内を、男はさまよい歩き、たまに出会う人に泊めてくれるような場所はないか、と尋ねるが、誰も男をまともに相手にしない。「細い針金を

だん竹や野いばらを踏み崎戸島を歩く

手くびに巻きつけ、足には何も履いていない」ドッヂボールのようにふくらんだ腹をつきだした妊婦だけが、男と会話をする。

――「寝るだけのことなら、島じゅうが空家だからどこに寝てもいいけど、どこにもネズミがいっぱいいるからねえ」

「どこか食堂みたいなところもないんですか」

「食堂」裸足の女は軽蔑するような顔をした。

（『妊婦たちの明日』より）

妊婦とのこんな会話のあと、女は一匹のやせこけた野犬をみつけると、思いがけぬ行動をする。手首に巻いた針金をのばして、野犬を捕らえようとするのだ。目的は、食糧にするため。男は、この島の現実に、改めて愕然とする。陰惨といってもいいこの小説の最後は、ドッヂボールのようにふくらんだ女の腹に、かすかに明日を思うという結末になっている。

おい茂る雑草を踏みわけて、井上さんは指さす。ここが共同風呂のあと。あっちが菅牟田部落だったところです。野いばらに服やスラックスをひっかかれながら、みんなで歩く。

唐突に、という感じで、コンクリートの鳥居が現れる。大山神社の鳥居。昭和十年、鮮人一同。鳥居の肌に、薄れかかった刻字が読めた。祖国からつれてこられ、日本の神を、ひいては天皇一族を拝むことを強いられた人々。海底炭鉱の過酷な労働に従事する朝鮮人が多かった島だ。

菅牟田《すがむた》は鮮人部落線香草十四の春に売られゆく娘《こ》や

ノートに書きつけられた私の下手な短歌である。

島の桟橋の近くには、人家がある。その中の一軒、「椿の宿」という民宿で、一同は昼食をとった。ここの主人は、井上さんの幼な友達だという。卓上に並べられた魚や、伊勢海老の入った豪華な味噌汁などは、福岡さんという主人の、井上さんへの絶大な好意なくしては、口にできなかった品々だろう。
部屋には、井上さん自筆の、若い頃の詩が掲げてあった。

しんく　こんく　しんく　こんく
ひよこ草で晝は生きた
高粱屑で晩は生きた
しんく　こんく
なんとか今日も生きてねむる
しんく　こんく
なんとか今日も生きてねむる

ひよこ草とは、はこべのこと。井上さんの造語らしい。二十歳の頃の詩である。多くの人々が貧しく、食べるのにことかいた敗戦直後がほうふつとする。

いつまでも手を振って見送ってくれた福岡さんの姿が、やっと視界から消えると、井上さんはぽつりといった。

「あの人は俺のことを固定して考えてるんだ。俺は堕落してるかもしれんし、わからんのだからね、全体でみないとね……」

伝習生の誰かがさしだしたみかんを、むしるように荒々しく口に放りこみながら言った。

〝海軍橋〟

もう講師とも、伝習所の仲間たちとも、別れの時間が迫っていると思うと、感傷的な気持ちが湧きあがってきて、眠れなかった。

まるで直訴する百姓のような、身投げでもするような思いで、私は井上さんに宛て、手紙を書いた。書かずにはいられなかった。ファンレターか、中学生の恋文のような幼稚なものだったかもしれぬ。だが、その時の私は大真面目で、必死の思いで書いた。

前日、課題を提出する時、講師に直接手渡した。自分からこんなことをするのは、生まれてはじめてであった。

桟橋からバスで、佐世保市内の宿泊先近くに到着した。帰ろうとする私を呼びとめて、井上さんは白い指をひらひらさせて、手ぶりで書くものを要求した。ペンと手帳をさし出すと、手帳のきれっぱしに、何かを走り書きすると、私の掌の上に置いた。六時。海軍橋。今日。

それだけが、書かれていた。夜の部の「ふじ乃」の集まりは、いつも七時半頃から始まる。海軍橋とは、佐世保橋の通称である。

四歳の時、母が家を出てゆき、父も放浪癖ゆえにか家によりつかず、以来ずっと祖母が光晴少年とその妹を育ててきたと、自筆年譜にある。その祖母が露店で茶碗や壺を並べて売っていたという海軍橋である。

一九六八（昭和四十三）年、米原潜エンタープライズの佐世保寄港に反対する全国の学生や労働者のデモ隊が、警官隊ともみあいになり激しい怒号や肉のぶつかりあう音がひびいたのも、この橋である。

海軍橋のたもとで、私は息苦しさにおしつぶされそうになって、立っていた。川床に濁った水があった。「ゴミを捨てないで下さい」。立て札が埃にまみれている。このまま、宿へ帰ってしまおうか。胸が圧されるように痛んだ。

井上さんは、昼と同じ開衿シャツにベージュのブルゾンをはおって、私の目の前にいた。陰鬱な表情だった。私は囚人のように首うなだれて、彼に従った。佐世保駅近くのチャンポン屋で、ビールを飲んだ。

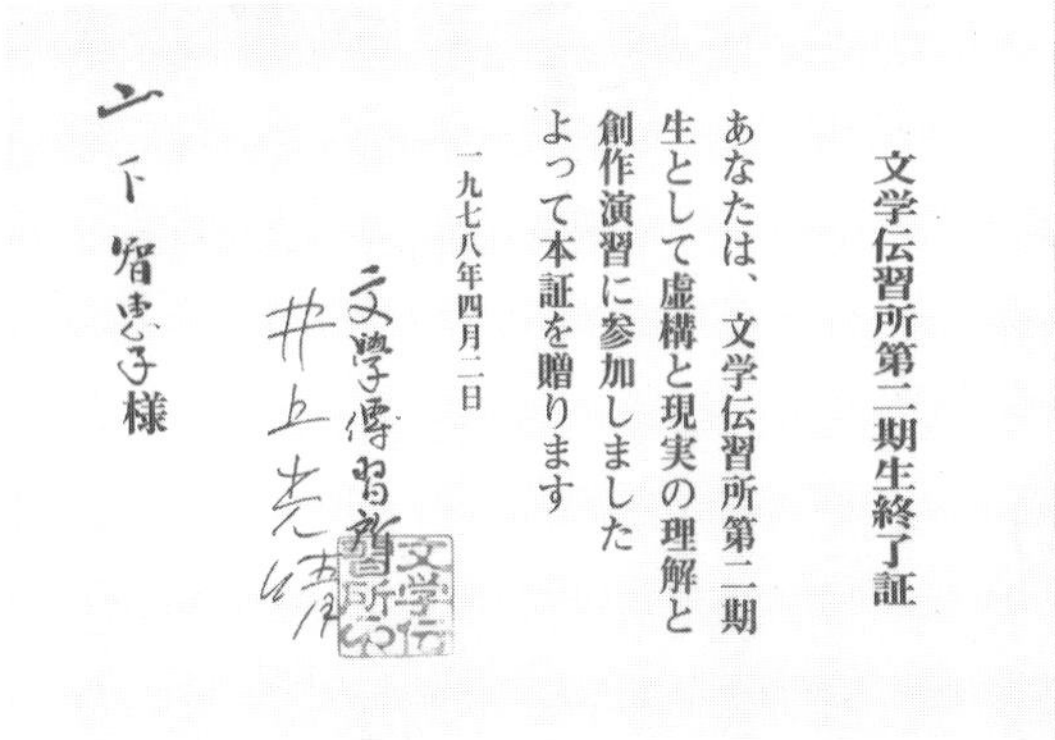

文学伝習所第二期生終了証

あなたは、文学伝習所第二期生として虚構と現実の理解と創作演習に参加しましたよって本証を贈ります

一九七八年四月二日

文學傳習所 井上光晴

山下智恵子様

文学伝習所第二期生終了証

「伝習所の女性とは、ゼッタイ個人的に親しくなるまいと決心してきたんだけどね。そうでないと、たちまち伝習所は崩壊するから」

　あとの言葉は、もう覚えていない。白い咽喉だな、と井上さんの女のような首をみつめていた。言葉を発することができず、ただ、自分自身に茫然とする思いで、飲めぬはずのビールを、一息にあけた。まるで、自暴自棄になった若い娘のようだ、と観察しているもう一人の自分がいた。

六日目。

最終日の講義。反真実、反人間を肯定する、あるいは擁護するテーマの文学や芸術は、成立しない。講師は力強い言葉で断言した。

「文学は、自由には拘束されますが、反自由には拘束されません」

「自由のために、反自由を撃つのです」

「私は君たちにバッテリーを与えただけです。充電するのは、君たちそれぞれだからね」

「大学の四年間でできなくても、本気でやれば、この六日間でも原体験とすることは可能です。僕は文学伝習所の六日間を、君たちの原体験としてほしい。それを要求したい」

熱っぽい六日間の講義は終わった。伝習生は、西へ東へと帰っていった。私もまた、トランクを下げ、夫と四人の娘たちの待つ名古屋へと向かった。そこしか、帰る場所はなかった。

二章——熱情の日々から日常へ

佐世保ショック！

佐世保から名古屋の自宅にもどると、当然のことながら、現実の生活の波がおしよせた。妻として、母としての日常にからめとられて、時が過ぎてゆく。

帰名したすぐ翌日が、次女の中学校の入学式であった。セーラー服姿の娘と、新学期からのあれこれの注意事項を、かしこまって聞いている私は「ふじ乃」で、焼酎の濃厚な匂いの中で、男女かまわずスクラムを組んで歌っていた女とは、別人の如き殊勝な表情であったにちがいない。

しかし、余燼のように、伝習所で知りあった人からの便りが、さまざまな土地から届いた。

――ぶんがくでんしゅうじょが　おわり　このところ　ふぬけになってしまいました。みつはるのどくは　きょうりょくです。（中略）8がつ10かからの　だい3きに　おいでになったときは　いろいろとおはなしを　したいものです。

これは、佐世保文学伝習所の教室を提供したNBC放送のもと職員だったYさんから。井上さんの良きパートナー、同志のように仲が良かった。

――山下さん、なつかしいです。崎戸島の蒼い海、地に這う廃坑、最後の「ふじ乃」における井上氏のすさまじい虚構、いまだ彼の毒素、みなさんとの連帯に酔っています。私はどこへ行くのだろうか、井上氏を溶解し、越えることが出来るのか。私の表現はこれから始まります。

木曽谷の国鉄マンKさんからのハガキである。この人も歌がうまかった。木曽節でみんなを陶然とさせた山男のOさんからも、手紙が届いた。

——佐世保ショックからようやく立ち直ったところです。光晴の毒は強烈でした。みんなどうしているかなあ。木曽谷文学伝習所、山の分教所は明日「宿」（同人誌）の合評会で、くわしく決めます。多分七月か八月になると思います。（後略）

Oさんが、よく響く声で歌った山の歌（穂高よさらば）の曲に、井上さんが即興で作詞した替え歌が「ふじ乃」で生まれ、みんなで肩を組んで歌ったものだ。

佐世保文学伝習所の歌

一、佐世保よさらば　また来る日まで
君の恋歌　わが虚構
他人の自由に戸惑いつ
思いは残る　あの崎戸

二、木曽谷深く　霧絶えて
海原遠く　望むかな
ああ　今日の日も君と果つ
我等が文学伝習所

私達、伝習生は新興宗教のセミナーから、娑婆に帰ってきた者にいささか似ていた。しきりに佐世保が恋しく、あの六日間が懐かしいのだ。それにしても、いいあわせたように〝毒〟という言葉を使っている。不思議なような、納得するような気持ちだ。薬は効果もあるが、毒もあわせもつという意味で、井上さんの影響をそう呼んだのだろうか。

突然の電話

四月のある日、電話が鳴った。特徴のあるよくひびく大きな声。井上光晴さんだった。

「もう四回も電話かけましたよ」という。信じられなかったが、まだ電話の声は続いていた。どうですか、その後の気分は。昨日まで九州にいたんですよ、忙しくてね。平野謙の追悼文のかわりに、小説書いたんだよ。写真？　ああ、送って下さい。

快活そうな力にみちた声だった。その裏にふっと暗さが縞模様にないまぜになった独特の声。じゃあ、また何度も電話するから、といって電話は切れた。嬉しかった。ともかく、忘れ去られてはいなかったのだから。

僕は朝八時から夕方の五時まで仕事します。一日、四枚ほど、書くようにしている。自宅の三階が仕事場でね、といつかいっていた井上さんだ。昼食のあと、すこし休憩するらしい。いつも午後に電話がかかるので、そう推察した。

「電話、迷惑ですか」

いいえ、と答えるのが精いっぱいであった。嬉しくて、飛びあがらんばかりに上気していても、素っ気ない返事しか口から出てこないことに、自分であきれるような思いがあった。三十代最後の年、もっと気のきいた受けこたえが出来なかったものか、と老年の今、当時の自分の不器用さに、歯がゆくなる。だが、これが私なのだろう。

この一九七七（昭和五十二）年四月十五日に、私の所属していた同人誌『作家』が、〝創刊三十周年〟と〝第三百五十号記念全国大会〟を開いた。実行委員の末席に私も名をつらねている。代表幹事の一人は、直木賞作家の豊田穣さん。記念大会は「愛知会館」で、懇親会は「大米旅館」で行われた。

全国から百人近く集った宴のさなか、司会役が「先日、九州の井上光晴のところへ行ってきた山下さん、スピーチを」と、いきなり指名した。何の用意もなく、少しばかりの揶揄をふくんだその指名に、不思議に私はたじろがなかった。

『作家』という三十年もの歴史を持つ同人誌に同人として在籍し、今では書けばすぐ活字になるということは、幸せであり、不幸でもある。それを佐世保文学伝習所の熱い六日間で身をもって学んだ、と私はひるむことなく発言した。自分でも驚くほど力強く断言したのだ。座は一瞬、シーンと静まった。反感なのか、共感なのか。たぶん半分ずつだったろう。

伝習所から帰って以来、短歌誌と新聞に、エッセーを書かせてもらった。「持ち帰った文学の火種」（「読売新聞」中部版）などと、えらそうな題で、気負っていたが、小説はなかなか書けはしない。

私はなによりも主婦で、同人雑誌の同人にすぎなかった。その頃の井上さんは、あちこちの伝習所の受講生に、電話したであろう。手紙は書かない人だった。

六日間、時間的にも経済的にも、身体的にも、大きな犠牲をはらい、何よりも精神的にひとりで全力投球したことの手応えを、確かめたかったにちがいない。

「元気でね、俺は手紙書かんし、あんたが病気になっても、見舞いにも行けんから」

まったく、殺し文句のうまい人だった。

新聞の地方版に、崎戸炭坑離職者の集いがあると小さな記事が載った。何のつながりもない私なのに、わかりにくい会場を訪ね訪ねて、出かけていった。崎戸という地名だけに敏感に反応して来ては見たものの、向こうも部外者が、何のために？　という不審な顔をする。こちらも、場ちがいな所へ来てしまった恥ずかしさに、受付でカンパだけを置いて、逃げ帰った。

五月。京都の大学へ講演に行くから、その後で会いませんかと井上さんから電話があった。講演後、学生達とつきあわねばならんからその後になるけど。

そんな一方的ないいかたにも、伝習所の名残りのせいか、私はそのままハイと答えた。

当日、井上さんは、洒落たダーバンのシャツに、薄い色のスラックスで、若々しく見えた。私は、その数日前、英語を楽しく身につけるラボ教室という所へこども達を送った帰り、凹凸のはげしい道で転倒し、足首を捻挫していた。繃帯をまいた足をかくしたくて、シャツブラウスに、ジーンズのスラックスというラフな恰好だった。色気もなにもない。

井上光晴という作家の、著作だけを読んでいた頃は、著者をもっと武骨な九州男児として想像していた。ところが生身の井上さんは、細身でしなやかで、白い指が印象的な都会的雰囲気の人であった。

先斗町の小路にあるますだ屋という小さな店へつれて行かれた。ここの女将はたかさんという名物女将らしかった。こないだ司馬センセが来とおくれやして……とか、瀬戸内センセは優しいから……と口にする言葉から、作家たちが贔屓にする店だとわかる。

サバの酢じめなどで軽くお酒を飲んだ井上さんが、はいこれ、とズボンのポケットから裸のくしゃくしゃになった紙幣をさし出す。

「なんや、紙屑みたいな……」とたかさん。狭いが、あたたかな雰囲気の店だった。

「小説を書きなさいよ、五十枚か六十枚のバチッとしたものを」

井上師匠にそういわれると、すぐにでも書けそうな気がして、血がざわめきたつ。ああ、私、いい小説が書きたい。なによりも小説が書きたい。書いて褒められたい。小学生のように、心からそう思った。

明治屋で買ったオレンジの皮を、井上さんは歯で乱暴にくいちぎるようにして剥く。果汁が私の頬に飛ぶ。さわやかで甘い匂いがひろがる。うまいよ、半分のオレンジが、さしだされた。その一秒一秒が嬉しかった。京都の暑さは、早くも夏のようだった。

帰路、新幹線ひかり号は、名古屋駅に近づいた。

「ああ、もう着いちゃったよ、早いな。今度、七月の木曽谷伝習所においで」

五十二歳と三十九歳の師と弟子は、他の乗客からどんな二人連れに見えただろうか。

生まれてはじめての本

これまで、同人誌に発表したり、『文學界』に転載された短篇や、『婦人公論』の新人賞をもらった作品その他を集めて、本を出す話が、友人たちの援助、あとおしでまとまった。題名は『砂色の小さい蛇』とした。

女性たちの連帯の拠点となっているグループBOC（創造力銀行の略称）の出版部門からの刊行と決まる。井上さんに報告すると、自分のほうから帯の文章を書いてやるよ、といわれた。

生まれてはじめての本に、高校生の長女が表紙の絵を描いてくれた。なによりの贈り物である。娘の表紙絵と井上光晴さんの文章を身にまとった本は、内容はともかく、私にとっては嬉しく晴れがましいものであった。

――山下智恵子の選ぶ主題には、やさしい心があふれている。やわらかい襞を流れてゆく汗に似た匂いに包まれる感触こそ、何よりもこの作品群のすぐれた核であろう。愛することの怖れを精一杯ひきずりながら、ひとりの少女が、或いは夫をもつ女が今日と明日を生きねばならぬ不幸。作者は明らかに文学の戦慄を全身に受け止めており、日常の狂おしい慄えはそのまま読者に伝わる。

井上　光晴

新聞社の文化欄、学芸欄などで取りあげてもらえるように、高校以来の友人が付き添ってくれ、社交下手で常識に欠ける私をあとおししてくれた。

おかげで、中部地方の版で、朝日・毎日・中日新聞と、各新聞が写真入りで取りあげて記事にしてくれた。

いよいよ本が刷り上がって、手もとに届いた。女性グループの仲間たちが、それぞれ地域の本屋をまわり、店頭へ置いてくれるよう頼みこんでくれる。図書館の購入リクエストに、記入してまわってくれた人もある。さまざまな女性の催し物があるたびに、机を借りて本を売ってくれた。手紙作戦と称して、知人に宣伝し販売部数をのばしてくれる友もいた。私の住む中部地方だけではなく、東でも西でもすこしずつ売れたのは、友人たちの尊い助けがあってのことであった。有り難かった。読書会を開いて、講師に呼んでくれる知恵者もいた。

八月に開かれる第三期佐世保文学伝習所の会場にも、まとめて送っておきなさい、と井上さんから助言があった。伝習所事務局を担当していたK夫妻も、もっとたくさん送って下さい、祝賀会もしましょうと快く受ける返事を下さった。Kさんは、若き日の井上さんが佐世保で文学運動をしていた頃からの、古いつきあい。夫人はまだ若く、二期生として私たちと机を並べて受講していた。

私は、祝賀会も……とまでいってもらえた嬉しさに、つい声もはずんで、井上さんに報告した。するといつになく厳しい声で、Ｋは信用ならんから、その話は乗らんほうがいいですよ、と忠告されてしまった。私には理解できない確執が井上さんとＫさんの間に発生している様子がうかがわれた。当惑したが、師に従って、祝賀会うんぬんの話は、おことわりした。

『すばる』八月号に、「昼も夜も――辺境に創造力を求めて」と題して、井上光晴さんは、第二期の伝習所の六日間を、熱をこめて描き出している。

「ひとりひとりの生活体験と資質がことなるのは当然なのだが、ひとしなみに彼等は優しく、他人の苦しみを理解しようと努めた」と書き、「真面目過ぎる人間ばかりが集まってきた、といういい方が大袈裟ではない程、彼等は真剣で、見せかけの理屈からはまったく遠い距離にいた」といいきっている。

この時期の伝習所の人々の特色を、さすがに正確につかんでいる。実習の時間に書いた受講生の実作品の一部が、三、四例とりあげられている。私の拙い文章も、三九歳・主婦として、載っている。

井上さんは、あいかわらず多忙な様子であった。文芸雑誌にいくつかの短篇を書き、「毎日新聞」の将棋名人観戦記もこなし、『プレーボーイ』誌に「ユーゲントの未明」という小説を載せている。長篇『ファシストたちの雪』も集英社から刊行された。少年たちが街娼を襲うという奇抜な発想の近未来的小説は、戦慄的であった。その数年後、現実に少年たちによるホームレス襲撃事件が起きた。まさに時代を予言するような先駆的小説である。だが、なぜか文壇では、ほとんど話題にならなかった。

すばる文学賞の選考委員として、井上さんが森瑶子の処女作『情事』を世に送り出したのも、伝習所の熱気の余燼の中であった。

初夏のある午後、段ボール箱が一つ届いた。差出人は勁草書房とある。ドキドキしながら梱包を解く。『井上光晴作品集』全十三巻が出てきた。

〝著者からの御依頼により、お送り致します〟印刷された紙が一枚入っていた。それは、焼き鏝《ごて》でもあてられたように、心に刻印された。

その夜から、憑かれたように一冊、また一冊と読みすすんでいった。渇いた咽喉にしみこむように、作品の一つ一つが身の内に入ってくる。夜、ひそかに吐息をつくと、何色かに染まった息が出はしないかと、恐れた。

小説を書かねば、良い小説を、と思いつめると、ますます書けなくなった。四歳の娘と歩いていても、なにも見えていなかったのかもしれない。幼い娘が立ちどまって、「ママだいじょーぶ?」と、顔を覗きこむこともあった。

ある時、高校生の長女が在宅中に、電話があった。彼女はしばらく応待していたが、やがて私に受話器を渡した。井上さんだった。私と間違えてしばらくの間、しゃべったらしい。

「ああ驚いた。あんたとおんなじ声、おんなじ息づかいだもんね」

といった。娘は電話について、何もいわなかった。無言のほうが、何かを語るより、はるかに私を威圧した。

〝万引きの一つもしてみろよ〟

七月上旬、かねてよりの予告どおり、木曽福島で、佐世保文学伝習所木曽谷分校と銘うった一泊の講座が開かれた。

みどりの木々のあいだに、白樺がすっくと立つすがすがしい環境である。井上さんも木曽が気に入った様子で、俺が死んだらこの辺に埋めて、白樺の木を一本植えてくれ、うんそれがいいよ、としきりにいった。この時は、死はまだはるか彼方の存在であったろう。

木曽を中心とする地方の人々の文芸同人誌『宿』の中心人物Tさんが、一期の佐世保文学伝習所に参加し、大いに感激して、同人たちに、受講を勧めたのが、発端という。二期に、美声の山男Oさんや国鉄マンKさんを送り込んだのだ。Tさんは国鉄の労組でも活躍する指導力のある人物であった。小説も、文芸評論家の久保田正文氏などに評価されていた。総評文学賞を受賞した『振子電車』という著書もある人だった。

木曽の人たちは、じつに心をこめて講師をもてなす。会場になった民宿で、風呂好きの井上さんに、着くとすぐ入浴をすすめ、夜の懇親会では、それぞれが自家製の白樺酒や、採ってきた山菜や漬物などを差し入れて、井上さんに一口でも飲んでもらおう、一箸でもつけてもらおうと目を輝かせるのだ。

純朴な彼等の言動に、井上講師もくつろぎ、嬉しそうであった。名古屋からの参加者である私も、あたたかな心づかいが身にしみた。

夜の懇親会は、まるで久しぶりに会った小学校の同窓会もかくや、という賑やかなものになった。興に乗った井上さんが、座の男達にお箸のチャンバラを挑戦すると、すぐに真剣に打ちかかる者が出る。プロレスごっこまで始まる。浴衣の前がはだけ、膳の上の皿が飛んでもかまわず、少年たちのように笑いに息をはずませ、夜のふけるのも忘れてしまうのだった。

翌日、みんなで戸外を散策した。檜や橅などが茂った山道を歩く。七月はじめの、みどりの葉かげからこぼれる陽が、みんなのシャツの背や首すじにちらちらと踊る。透明で優しい光の斑点だった。

歩き疲れて、渓流のほとりで、ひとやすみする。澄んだ水に誘われて、一行ははだしになって、白く泡だち流れる水に足を浸した。その冷たさは、想像を上まわった。それでも男たちは、パンツ一枚になって水をかけあって戯れている。光の滴が飛び散った。

幼稚園児を知人に預け、小学生、中学生、高校生のこどもたちを、残してきた主婦である我が身のことを、忘れてしまう一刻であった。

山中の鄙びた食堂で昼食をとる。茗荷、アスパラガス、シュウデという山菜などのおひたし。ユキノシタや楤《たら》の芽のてんぷら、岩魚《いわな》の刺身、山女《やまめ》の塩焼き、手打ちそば。どれもとれたて作りたての美味しさだった。

「小説を書く時、達者になってはダメだよ。ある程度、書けるようになると、自分の中にこうやればこれができる、という材料がたまるんだよ。インスタント食品みたいなもんよ。手なれてくれば、これとこれで、こういうものが出来上がるとわかってくる。それはいかんよ。やっぱり、こういうのがいい」

井上さんは、卓の上のシュウデや楤の芽などを指さした。

帰り、通称振子電車と呼ばれる特急列車を運転するのは、木曽谷分校の受講生、箸のチャンバラをやったIさんだった。井上さんと私は、Iさんの手招きで特急電車の運転台を見せてもらった。

みどりの木々をわけて走る列車の、最先端の運転台は、いかにも見晴しがよくスピード感がなまなましく体に伝わるような高さだ。こどもならずとも、歓声をあげたくなる。ここに乗ったらさぞワクワクするだろう。

振子電車の異名のとおり、左右に激しく揺れるが、師と一緒であればむしろ楽しい。Iさんが運転していると思うと、列車すべてが、私たち師と弟子のために走っているような錯覚におちいるのだ。

あれは、何の話をしていたのか。もう前後は忘れてしまった。鮮明に記憶に残っているのは、井上さんが真剣に怒った顔だ。許さない、という顔で私を睨んだ。はじめて見るこわい顔だった。

楽しいおしゃべりという雰囲気で、井上さんが、いかに自分がモテるかという話を、面白く語っていた。今すぐ、モスクワに電話してごらん、俺のこと好きだっていう女がいるから……云々。そんなホラ話ともつかぬ話のさなかに、私がふいと瀬戸内寂聴さんの名を口にした。出家のこと、その後のことを話題にのせてしまった。井上さんの顔色が変わった。

「あの人が、カモフラージュのために尼になったとでも思うのか。あの人はそんなインチキじゃない。生きかたが真剣だ。あんたにはわからん。そこがあんたの弱いところだ」

つきとばされたように、我にかえった。自分の距離、位置をおそまきながら知らされた。寂しくとも、それが事実なのだ。

「五年前から同じだよ。仲のいい友達だ。俺は誰よりも早く、あの人が尼になることの相談を受けたんだ。俺はなったほうがいいといったんだ。そういう考えもあるね、と返事したんだ」

白樺の林と清流とさわやかな大気の中で、信じられないような楽しい時間を共有した名残りで、私はつい自惚れ、師との距離を勘ちがいしたのだと知らされた。

それでも、別れる前に、こんなふうに私を挑発することを忘れない井上さんだった。

「世の中のほんとが上等なんか。ほんと以上のほんとを求めているわけよ俺は。あんた万引きの一つもしてみろよ。真面目くさって図書館ばっかり行ってるのが能じゃないよ」

優しさは時に残酷さに変わる

それから一カ月後の八月。第三期佐世保文学伝習所が、十日から十六日まで開催された。定員五十名をはるかにこえた七十名以上の受講生が集った。一期生、二期生が続いて受講している例も多い。そのぶん、たった一人の講師井上光晴さんは、講義内容に苦労したことだろう。一期生には、のちに直木賞作家となった皆川博子さんもいた。

熱気は、春の伝習所と同様、といいたかったが、何かが微妙にちがっていた。まず、佐世保の無名時代からの文学仲間で、伝習所の事務局をひきうけていたKさんとの齟齬。両者のあいだに、金銭的なことで、何か不信感が生まれていたのだろうか。井上さんの片腕のような存在として支えていたYさんとの関係も、何か春とはちがった様相に思われた。

それでも、夜の部は「ふじ乃」であいかわらず賑やかな酒宴がくりひろげられた。深刻な事情を背負ってやって来た人や、はっとするほど美しい九州玉名のシュバイツァー寺の尼僧や、溌剌とした東京の女子大生など、多彩な顔ぶれであった。私の本を出版してくれた東京のBOC代表の斎藤千代さんも参加。

彼女は「私は新宿の母といわれる手相見です」などと井上さん顔負けのホラを吹いて、みんなを驚かせていた。瀬戸内寂聴さんの寂庵で働いているという女性も受講していた。

私と同じ名古屋から参加したMさんは、一人息子を急病で喪ったばかりだという。息子の初盆だが、あえて伝習所に参加したという彼女の発言は、井上さんをいたく感動させたようだった。Mさんも伝習所に熱意をそそぐことで、愛する息子を失った苦しさを、乗りこえようとしていたのだろう。

痛みをかかえた人に、彼は優しかった。ただ、その優しさは、受ける側にとって、時には残酷なものに変わることもある。はじめの頃の優しさが心にしみたぶんだけ、後になってのつき放しかたで、人は深く傷つく。

このMさんも、井上流の優しさと酷薄さにとまどった女性の一人だったのかもしれない。のちに、彼女は瀬戸内寂聴さんに駆けこみ訴えのようなことをして、伝習所批判の声があがる端緒をつくったように思う。伝習所の女性と井上さんとの恋愛めいたこと、自分もそれに翻弄されたというような告白であろう。

一期から三期までだけでも、多くの女性が伝習所に参加したが、そのうちの何人かが、井上流のアジテーションともいえる言葉に、魔法にかかったように、離婚した。

他者と自分との関係を変えること。自分と世界との関わりを考えよ。そう熱っぽく説く師の言葉に、まず自分の現実の結婚生活をみつめなおしたのは、素直で誠実な反応だったかもしれない。誰かが、文学伝習所を揶揄して〝離婚伝習所〟と評したと、もれ聞いた。

私自身はどうだったのか。発熱していた三女を自宅に残し、心配でおしつぶされそうになりながらも、出発してきた。会社にいる夫に、電話で「行ってきます。よろしくお願いします」といいおいた。そのまま、ひとりで夜行列車に乗るつもりでいたのに、夫は名古屋駅まで車で送ってゆくという。私の複雑な思いに気づいているかどうか、車に四歳の末娘を同乗させて、ついてくる。案じたとおり、トランクを下げて改札口にひとりで向かってゆく母に、幼い娘は「ママ、いっちゃいや！　いかないで！」と叫んで泣いた。

初日、伝習所の講義風景や、受講生へのインタヴューなどの撮影申込みが、NHKからあった。教育放送で流すという。そのことについて、講義の前に、まず全員で討論した。ある者は、マスコミは信用できないから嫌だ、と拒否を表明する。別の声が、俺にも肖像権がある、俺は会社の有休を取ってきた、ここに参加していることを知られたくない、と主張する。女子大生は、父が井上靖ならいい、井上ひさしもまあいいが、井上光晴は危険だというんです、と発言した。複雑な笑い声が湧く。

はっきり自分の立場や考えを主張することはいいことだ、と講師はさらに討論を深めるようにいう。結局、撮影されたくない者は、カメラの視野に入らない位置にいること、了承した者のみインタヴューを受けるということに落着した。

講師は、自分の意見として、マスコミをただ悪、反真実として短絡的にしりぞけるのは感心しない、といった。伝習所はもっとたくましい、したたかなもののはずだ、ともいった。そうあってほしいのだろう。

夏の夜の「ふじ乃」での時間は、春の二期とはちがって、日を追うごとに荒れ模様になった。一期生の男性が、夜だけ参加して議論をふっかけ、喧嘩のようになる。井上さんも髪を乱し、声をあらげ、ビール瓶をたたき割って立ちあがる。

やがて、気分をおさめるためか、「俺はピアノ、うまいんだ」と、血のしたたる指のまま、座敷の隅に置かれたピアノを弾く。むろん無手勝流のキース・ジャレット風の即興ジャズピアノだ。井上さんが、心の平衡をいささか失っているのは、薩摩焼酎のせいだけではないらしく、私は不安を感じた。

ある夜、私のはじめての短篇集『砂色の小さい蛇』の出版を、伝習所の受講生有志が、祝ってくれた。私は素直に嬉しかった。お礼に、歌でもうたって、みんなに感謝の気持ちをつたえたかった。だが、音痴の私は、歌のかわりに井上さんの詩集の中から「いんぽてんつの歌」という詩を、朗唱した。

冷たいあんたの顎
だから好き
冷たいあんたの指
だから好き
（中略）

あたいはあんたの
飛べない沈黙が好き

詩の朗読のあと、一瞬、静寂がきた。あの不思議な重く深い沈黙は、何だったのだろう。

やがて、いつもに増して、どんちゃん騒ぎになった。ビールのかけあい。西瓜をちぎって投げる者がいる。焼酎が壁にとび、襖がはずれる。群馬県前橋から来た長身の

Nさんが、やめろやめろと必死で叫び、やっと座が鎮まった。

井上さんは次々と女性の受講生をそばに呼び、頬にキスをしていた。

八月十四日、深夜叢書の斎藤慎爾さんが、東京から井上さんを訪ねて、伝習所にも顔を見せた。

夕方、福山市の中山さん、九州の西彼杵郡出身の美しい顔立ちの大野千恵子さんらと一緒に、私も招かれて斎藤さん歓迎の宴が、井上さんの発案で「たまむすめ」という料理屋で開かれた。

すらりとした白皙の斎藤さんは、多くを語らなかったが、その非凡な感性と魅力は、私にもたちまち伝わった。井上さんとは、それが呼応するのだろうと、私はひとり心に肯く思いだった。とろけるようにおいしい馬刺しとともに、心に残る夕べであった。

最終講義の夜、「ふじ乃」は沈んだ顔や、猜疑にみちた眼の人がいて、妙にしこりの解けぬ宴になった。

東京から、一期につづいて三期に参加した共同通信社の記者という男性Iさんに向かって、井上さんは、

「俺もクセのある人間だけどさ、あやまるから機嫌なおしてくれよ」

などという。師弟逆転の様相だ。二人のあいだに、どんなやりとりがあったのか、まるでわからない。

ただひたすら感激、感動した二期とはちがって、井上さんの複雑な人間関係や言動に、ふりまわされる思いで、私も疲れというか、澱のようものがたまっているのを感じていた。それでも、誰からともなく、歌がはじまり、いつもの夜の雰囲気になりかけた。

「俺ホント、お前たちと別れたくないよ」

「お前たち、なんでミカンの一つも俺にくれんのか、俺がこんなにお前たちのこと思っておるのに」

いつになく、妙に感傷的な井上さんだった。

心の温度が下がってゆく――

八月の終わり。井上さんから電話がある。いつもの声とちがっている。悪い予感がして、胸がひやりとする。予感は的中した。

佐世保のYさんや、フルーツ店のTさんが、あちこちで井上さんと私とのことを、いろいろと脚色していいふらしているという。怒った口調でいわれると、つい申し訳ありません、とひとまずあやまらずにはいられない。何故あやまるの、ともう一人の私の内心の声も聞こえてはいたが。

伝習所のイメージをゆがめたと咎められれば、噂になるような存在に映った自分の言動を、浅はかだったと反省しようと思った。だが、一方的に、不機嫌に「佐世保で大騒ぎになっている」といわれても、名古屋にいる私はどうしたらいいのか、わからなかった。何故か、腑に落ちない思いばかりが胸にひろがる。理不尽という言葉まで、頭をかすめた。

敗戦記念日の八月十五日の夕、佐世保市近郊の弓張岳へ、気のあった伝習生同士で、二台の車に分乗して登った思い出が、胸に甦った。

井上さんやYさんも、別の車で先に着いていた。椎茸園で、バーベキューのコンロを囲んだ。まっ赤な大きな夕陽が、大小いくつかの島々を浮かべた海を朱に染めてゆっくりと水平線に沈んでゆく。触れれば火傷しそうな夕焼け空が広がっていた。やがて、左手に幾重にも層になった雲が動いてきた。しだいにあたりは暗くなり霧雨がおちはじめた。みんなであわてて、売店の軒に駆けこんだ。国定公園九十九島の夕焼けを、はじめて見た夕べ。大いに語り、大いに飲み喰いをした。私は飲めないが、飲むふりはできた。楽しいひとときであった。

あの時の、苛烈なまでに赤く染まった空と海の間に、黒い影になって散っていた島々の光景が、脳裡にひろがった。楽しい時刻《とき》は、すぐに終わるのだよ、と耳のとがった小人が、卑しい笑顔でささやいた気がした。

何がどうなっているのか、噂という目に見えぬものに、なにをしたら有効なのか。暗鬱な日がつづいた。自己嫌悪に黒くぬりつぶされていた。このすこしあと、雑誌『旅』に井上さんは「夕陽はいつも無残な朱とひとかけらの空」と題する推理紀行小説を連載。たった一つの電話に動揺し、なにも書けない自分が、つくづく情けなかった。井上さんの題のつけかたの巧みさに、改めて感嘆した。

まだ暑さの残る九月だった。先回とはがらりとちがう口ぶりの井上さんからの電話が入る。

「もうあのことはいいよ。Yをこちらから徹底的にやっつけてやった。あやまっていたよ。もうご放念下さい」

返事に窮した。なんと簡単な言葉。わたしの苦しかった日々は、何だったのか。ご放念下さい。その言葉が、白々と胸に残った。自分が男だったらよかったのに、とどうしようもないことまで考えてしまった。と同時に、今回のことは私一人のことではなく、幾人もの女性がからんでいるのでないかという疑念が浮かんだり、消えたりした。その真偽に惑って、胸がかきむしられるような日が続いた。

この電話ではじめて、九月十五日に、一人息子に急死されたMさんの所属する同人誌の主催で、井上光晴さんの講演会が、名古屋市のＹＷＣＡにおいて開かれることを知った。同じ名古屋で開くのに、何故、私に知らせてくれなかったのだろう、とMさんに不審の念を抱いた。

講演会の会場には、私と同じ『作家』同人で、『書かれざる一章』の初版本を持って参加したIさんや、「在日朝鮮人作家を読む会」の人の姿もあった。『作家』の女性同人で、強力な書き手の二人の顔も見られた。

二次会、三次会と続くうち、酒の勢いもあったのだろう。井上さんはしきりに私につっかかってきた。いいたい放題という感じであったが、いくぶんかの真実もまじっていたかもしれない。

「もうすべてやめてしまう」

「噂になった女とはつきあわぬ主義だ」

「瀬戸内さんにまで噂が伝わって、ガチャガチャいわれたよ」

などと、放言した。

　井上さんの酔いにませての言葉から、この人は瀬戸内寂聴さんに、なんらかの噂が伝わることを、一番恐れているのだ、とわかった。噂になった女……云々という言葉は、私をもっとも傷つけた。なんと安っぽい男中心の主義だろうと。日頃、差別を告発すると公言している人が、くだらない言葉を吐くものだ、と思った。心の温度が下がった。

　いいたいだけ悪態をつくと、興奮がすこしおさまったらしい。疲れたように眼鏡をはずし、呟いた井上さんの言葉は、忘れがたい。

「水道の水が、流れっぱなしになってるんだ。夢ともなんともつかず。むなしい、死にたいというんではないけど、ああもう死ぬなあという感じ……」

　珍しく、暗い低い声。自分に向かっていっているような呟き。この人は、ほんとうは、埋めようもない空虚を抱えているのだ、と眼鏡のないぶん、年齢よりいくらか幼く、弱々しく見える一人の男を、私はみつめた。その虚無感と鬱々とした心は、こちらにも伝染しそうだった。テレビが、台風の接近を告げていた。嵐でも何でも来て、吹きとばしてくれたらいい、と私も捨てばちなことを希った。

名古屋駅から新幹線に乗る井上さんに、私はさようならと一言だけいって、後ろを振り向かなかった。

噂になったから何だっていうの。別れるってどういうこと。他にもOさん、Mさん、Kさんエトセトラ、エトセトラ。あちこちの土地に親しい人はいろいろいたではありませんか。口に出さなかった言葉が、胸にうずまいていた。ささやかな私のプライドが、こなごなになっていた。

熱を発していた魅力的な宝玉が、しだいに冷え、ただの石塊となってしまうことが恐ろしく、胸が何かにわしづかみされたように、痛んだ。

救ってくれたのは、皮肉にも、こどもたちの容赦ない母親への日常的な雑事の要求だった。私の感情の起伏のはげしさに慣れているからか、動じない夫の存在も、有り難かった。小さいながら会社を経営し、社員とその家族の経済的な面を、守りとおさねばならない責任感で、夫は仕事一筋という言葉どおり、仕事に打ちこんでいた。家族のほうに顔を向けず、仕事に没頭する夫を、私は恨めしくも思っていた。しかし今回のようなことに動揺している時、自分への関心がすくないのは、むしろほっとすることでもあった。

そんなことがあっても、小説の師としての井上さんは、忙しい中、私の原稿を読んで批評することを、誠実に果してくれた。二篇送った短篇小説の感想、批評は的確であった。一つは新潮社の編集者Sさんから促されて書いたものである。「ちょっと弱いので……」と書き直しをいわれた作品であった。

「ようするに、あんたのものは、すでに名の出た作家の手になったものなら、どこの商業誌でも載せてくれる程度のもんだよ。だけど、新人がはじめて載せる作品としては、なんていうか、衝撃力がないのよ、自分の文体ができてないんだ」

「感覚に頼りすぎるよ」

「もう一つのほうが、安心して読めるね。荒いけども。どんなにうまく書いても、読者はそれだけでは感動しないからね」

せっかくの『新潮』の鬼編集者と呼ばれるSさんの助言を、私は不遜にも断り原稿を直さず、作品を送ることもしなかった。若いということは、何と傲慢なことをするものだろう。チャンスは失われた。

　この時期の井上さんは雑誌『世界』『旅』『すばる』『潮』『文學界』などの連載をかかえていた。執筆のあいまに、山形県の鶴岡や群馬県の前橋などへ出かけている。

「二十五日締切が多いからね。死ぬ思いだよ。二十七日からせいぜい月はじめぐらいまでしか、暇がないんだ」

　酔った勢いで吐いた私への暴言はケロリと忘れたのか、作品についてだけでなく、読む本も、思いがけないような傾向のものを勧めてくれた。たとえば、S・F作家ブラッドベリの『迅うに夜半をすぎて』やオーウェンの『つたからむ石垣』、ガスカールの『盲人』など。みすず書房の『ベッカー家の妻たち』は、ほら、これだよと手にとり、すすんで私に買いあたえてくれた。メアリー・ラヴィンという作家の著書である。生意気で、甘えることを知らぬ出来の悪い弟子に、ふっと優しい心づかいをしてくれる師であった。

　ある時には、家庭の主婦としても落第生の私を、たちまちに見抜いてこうもいった。

「俺があんたの亭主だったら、五日でもういやになるよ。そんな冷たい目でじっと見られて。自分のほうだけが全部正しいというような見方をして。俺だったら、もう家も財産も全部やるからっていって、アメリカへでもいっちゃうよ」
「うまいごっ、つ、ぉう出してシレッとしとったらいいんだよ。俺の嫁さんだって、腹にすえかねることはいっぱいあると思うよ。だけど、俺を好きだから、ぜったい追求しないよ。俺だって嫌いじゃないからね。そういうもんだよ。つまらんことでナニ悩んでるんだ」
「今までの原稿は全部すてて、一行目からやりなおすことだよ」etc・etc……。

さまざまな教えを、私は実行できないことが多かった。迷いは深まり、ろくに書くことができないのを、外へ出て行動することで、自分を欺いていたのだろうか。

〝女性の時代〟などと、マスコミは女性の各界への進出をにぎやかに伝えた。ウーマン・リヴ、翔んでる女などという言葉が新聞や雑誌、テレビでさかんに使われていた。家庭の中に閉じこめきれない力をもった女たちが、次々と、グループを結成したり、創造活動や、市民運動、女性の問題を提起する等、活動を始めていた。メディアは揶揄的に扱ったが。

創作の悩みから逃れ外へ出る

季節はいつものとおり、律義に移り変わっていった。春と夏の熱狂はしだいに影をひそめ、内省の秋から冬へと向かっていた。

井上さんは、各地に伝習所の拠点をつくり、一泊とか二泊であちこち飛び歩いている様子だった。

私は、日程や家族の事情の許す範囲で、木曽谷や長野、新潟などに、オブザーバーのようなおよび腰の姿勢で、参加した。井上さんは、敏感に、熱気のない私の態度を察知し、いらだった表情を見せることもあった。

宴席で、時に私を名指しで軽蔑するような発言もした。

「この人は、田舎名士になった人です」

たぶん、私の顔色が変わったのだろう。

「さっきの発言は取り消します」

ともつけ加えた。しかし、冷静に考えると、新聞にエッセイやコラムを書かせてもらったり、テレビ番組のリポーターの仕事が舞いこんだりして、外向きになりつつあった私を、的確に批判した言葉だと、苦い薬を飲むように、胸におさめた。

だが主婦とひとくくりで呼ばれて、出口を求めて苦しんでいた私にとって、仕事の依頼は、世界がひろがると同時に、自分の収入が得られ自信回復にもつながって、有り難かったことも本当だった。それで、小説にじっくり取り組む時間が減った。その弱いことに、一番ひりつくような焦燥感を抱いているのは、私自身だった。その一番の弱味をぐさりと刺されると、辛かった。確かに、机の前にだけ坐って、書くことに没頭していれば、小説は質を問わなければ、もっと書けたにちがいない。だが、家庭内の苦しさや、創作の悩みから逃れ外へ出てまったくちがった種類の人に会ったり、ちがった仕事をすることで、とりあえず救われている面も、あったと思う。他人から、どう誤解されようとも。

中央文壇などという表現を否定し、文壇づきあいをしないという井上さんも、尊敬する作家との親交は大いにあった。故竹内好、故武田泰淳、野間宏、埴谷雄高、橋川文三などなど。

一九七九（昭和五十四）年、志を同じくする作家たちが編集同人となった季刊誌

『使者』が小学館から発刊される。編集同人は、野間宏、篠田浩一郎、真継伸彦、小田実、そして井上光晴さんであった。いわゆる文芸誌とはひと味ちがい『世界』などとも、一線を画した主張を持つ総合誌をめざしたと思われる。

その『使者』(一九八〇年春号)第二号に、私の短篇「西洋ざくろ」が掲載された。嬉しかったが、何の話題にものぼらずに終わった。原稿料はふりこまれたが、正直いってさみしい思いがした。

佐世保へ夜汽車で行って以来、約二年。私の日常生活は、姑の入院手術と離れ住む実母の入院手術の付き添い、看病と四人のこどもたちの進学などにともなう事柄で、忙殺された。

雑多な仕事を次々とひきうけ、外出の多い母親である私に抗議するように、台所のホワイトボードに「受験生の母は、もっと家にいて下さい」と大学受験をひかえた長女の筆跡で書かれていたことは、今でも忘れられない。

たしかに、受験生のために、夜おそく夜食を作って運ぶといった良き母親のようなことは、私には出来なかった。受験ももちろん、大事なことで、娘の合格を心から願ってはいたが、頼まれた仕事を、自分の力でやりぬく責任が、私にもあった。どんなにささいな仕事であったとしても。

一九八〇（昭和五十五）年夏、井上さんが「毎日新聞」に連載した長篇、『曳き舟の男』が講談社から上・下二冊になって刊行された。この二冊をトランクに入れ、私はデンマークのコペンハーゲンに発った。国連婦人の十年の中間年、世界婦人会議（当時は女性という名称をまだ採用していなかった）へ、NGOの一員として、参加するためである。名古屋市南区に住む年下の友人が、家族ぐるみで夏休み中のこども達の面倒をひきうけてくれた。小康状態の姑や、『作家』同人の親しい人が手伝いに来てくれ、多くの支えがあっての渡欧であった。

婦人差別撤廃条約批准にむけて、出発まぎわまで、しぶる政府に、調印合意をねばり強く要求した市川房枝さんを先頭に立てた女性グループは、元気に満ちていた。

女性の職場での活躍、福祉政策の手厚さ等、北欧の事情を現地で聞き、日本はまだまだだと実感した。国際会議のさなか、欧米諸国に反撥するアフリカや発展途上国の女性との確執も、目のあたりにした。刺戟の多い旅であった。

同じ年、井上さんは一カ月ほどアメリカに旅行し、快活になって帰国している。

「アメリカ大統領はきっと暗殺されるよ」

そう断言したしばらく後、井上さんの予言どおり、レーガン大統領暗殺未遂事件がおきた。

三章——文学伝習所の変質

瀬戸内寂聴さんとの出会い

名古屋市の東部、覚王山日泰寺の、墓地の草深い中から、市民により偶然発見された貴重な墓がある。一九二三（大正十二）年九月一日の、マグニチュード七・九の関東大震災に端を発した悲劇に関わる墓であった。南関東で震度六。被害は甚大で、死者九万九千人、行方不明四万三千人といわれた大災害である。その災害にまぎれて、パニック状態の中で朝鮮人や不逞の輩（アナーキスト等）が、井戸に毒を入れたなどという流言蜚語《ひご》が流された。

こうした災害時の不確実な情報は、恐ろしい結果をもたらす。市民による自警団がつくられ、朝鮮人とみなされた人々が、多数虐殺された。

大地震の翌日、憲兵大尉甘粕正彦らによって、戒厳令下に出歩いていたというささいなことを口実に、無政府主義者、大杉栄とその妻伊藤野枝、そして大杉の甥、幼い橘宗一少年が捕らえられ殺害された。

少年の父が、その非業の死を悼んで「犬どもに殺されたり」と悲憤を石に刻みつけた橘宗一さんの墓であった。

戦中、戦後、草に埋もれていた墓を、発見者を中心とする市民や人権運動家や多くの関係者らの力の結集で、整備し、毎年九月十五日に墓前祭が開かれるようになった。

一九八〇（昭和五十五）年の墓前祭に、瀬戸内寂聴さんが一人の女性をともなって来名し、墓前で読経し少年の霊を弔った。その女性Tさんは、第三期夏の佐世保文学伝習所に参加した人で、京都の寂庵で瀬戸内さんの身辺のお世話などをしていると聞いていた。私は在名の友人達と参加していたが、久しぶりにTさんに会ったので懐かしく、瀬戸内さんが別の会場で講演をする間、Tさんを名古屋の繁華街に案内した。

暑い日ではあったが、名古屋名物だからと味噌煮こみうどんを二人で食べた。そんなことがあって、瀬戸内さんと縁ができた。

一九八一（昭和五十六）年の五月十五日。井上さんと瀬戸内さんの共通の誕生日である。私はなぜか、誕生日おめでとうございますと、瀬戸内さんに手紙を書いた。井上さんにではなく、何故、瀬戸内さんに書いたのだろうと我ながら、自分の行為が不思議だった。井上さんと瀬戸内さんの強い絆に、羨望とひとすじの嫉妬を抱いていたのかもしれない。一時的に急接近したかのように思えた危険な存在から、心理的に遠ざかってみたものの、私は寂しかったのだろうか。

瀬戸内さんの短篇『蘭を焼く』、『抱擁』といった佳品に登場する男性は、どれも井上さんのイメージに重なって読めてしまう。

五月十八日夜。瀬戸内寂聴さんから、電話があった。夏の佐世保文学伝習所にいった名古屋のMという女性が、寂庵へ来て井上さんの行状をいろいろと訴えたという。信じて下さいと泣いていうのだけれど、本当だろうか。そういう趣旨の電話であった。

私は、自分の知る範囲のことを、ひかえめに答えた。今、瀬戸内さんが井上さんにたとえ不信感を持ったにしても、結局のところ、二人の人間関係は、決して壊れることはない。逆に、何かをしゃべった人間が、どちらからも疎まれるだろうと、なぜか私には確信があった。

五月二十四日夜、ふたたび瀬戸内さんから電話があった。

「井上さんが、絶対あんたが怒るようなことはないと、私にそれはまあ力をこめていい張るのよ。必死で。いろいろ熱をこめて説明するから、はいわかった、私にそう思われたくないんだという貴方の気持ちはわかった、といったの」

ああ、やっぱり、と思った。井上さんが必死になって、瀬戸内さんに釈明している様子が目に見えるようだった。優秀なるオルグ光晴。

瀬戸内さんと言葉のやりとりをするなかで、私はもやもやしたもってゆきばのない気持ちに押されて、井上さんを否定するような言葉を、つい発してしまった。

「私はもう伝習所には行きたくないんです。ただ木曽の人たちへの義理で行くだけです」

六月三日。めずらしく、午後五時すぎという時刻に、井上さんから電話がある。

「瀬戸内さんは、ひとの話をひき出すのがうまい人だからね」という。私の発した言葉は早くも井上さんに伝わっている。

「いってしまった言葉は、とりかえしがつかないからね」

それは、瀬戸内さんと親しくなるな、といわんばかりの命令的な、冷たい響きの電話であった。疎まれた、と感じた。

瀬戸内さんのホスピタリティ

近くに住む年長の友人に、金子寿子さんという精神医療ソーシャルワーカーとして活躍している人がいる。関東の生まれで、聖路加女子専門学校の看護学校に学び、やがて名古屋大学医学部精神医学教室の医療社会事業部で、先駆的な仕事をしてきた人である。

アメリカの占領政策の一環として、公衆衛生、日本人や進駐軍への感染予防の医療社会事業に、専門のソーシャル・ワークを取り入れるよう指導がなされた。彼女は、そのソーシャル・ワーカーとして単に患部を治療する医療から、〝患者の社会復帰、その家族の経済状況、社会の偏見との対峙〟などを視野に入れて地道な研究、実践をする人として働いてきた。名古屋でのソーシャル・ワーカー第一号である。

自閉症のこどもを持つ親の会を組織する際の、縁の下の力持ち的役割も果たしている。

そういった数々の困難な仕事を何十年も続けてきた人とは、一見して見えない無邪気で純粋な心を持ったところが魅力で、年齢をこえて親しくしてきた。こども達のことで悩むと、私はいつも金子さんに頼り、どれほど支えられてきたことか。静かで出しゃばらない彼女に、いつも言葉にしないまま、感謝している。

その彼女が、瀬戸内さんを紹介してほしいという。作家としても、僧籍に身を置く人としても、超多忙であるかたなので、すぐにはお目にかかれないだろうと思っていた。が、大切な友人である金子さんの願いをしたためて、いつかご紹介させて下さいと手紙を出した。

意外に早く、一九八一（昭和五十六）年七月二十日、寂庵に二人でいらっしゃいと、瀬戸内さんから返事があった。その時の、エッセイの一部を引用する。

――（前略）

カナダからアメリカ、そして南アメリカまで縦断する長旅を終えられたばかりというのに、瀬戸内さんはお疲れのいろもなく、寂庵に私と友人とを、迎えて下さった。

木々にかこまれた庭のそこここに、すっくりと背をのばして、紫と白の桔梗が、咲きさかっているのが見えた。

私たちのほかに、もう一組の来客があった。九州、東北、東京からやって来た若い染色作家たちである。

瀬戸内さんの小説『比叡』の中に、出家を決意したヒロインが、サフラン染めの帯をしめて、恋人を迎える場面がある。また彼女が帝王の色、と憧れる貝紫の染色についての記述も出てくる。サフランの花のめしべで染めあげた黄金色。貝の分泌液コチニールで染める古色の紫。その二色を自分たちで創りだそうと、夢を追いつづけてきた男たちが、完成品を瀬戸内さんに見せに来たのだった。

メキシコで染めた絹糸を、川の流れにさらし、月夜にほして織りあげたという貝紫は、たおやかに優しい色をしている。ゆたかな太陽の色をしたサフランの帯は、部屋を明るませた。かすかに、花の香りがした。

いきなり、空が裂けたかと思うような雷鳴がとどろき、大粒の雨が降ってきた。

「この美しさに、雷さまもびっくりしたのね」と瀬戸内さんがほほえんだ。夢の織物の完成を祝って、盃を重ねるうちに、雨はあがった。

まっさらな陽光をあびて、杉苔がいきいきと輝き、もみじの葉から、銀のしずくがしたたる。あれほどはげしく雨に打たれたのに、桔梗は倒れもせず、涼しげに星のような花びらをささえていた。（後略）

（拙著『女の地平線』より）

こんなに歓待してもらっていいのだろうか、と、恐縮するほど、私と金子さんは親切にされた。サイン入りの著書数冊ずつを、おみやげにもらった。京都駅まで、タクシーを呼んで下さり、庵の前に立って大きく手を振って見送って下さった。

瀬戸内さんは、ホスピタリティにあふれた人であった。井上さんのサービス精神に共通するものを、改めて感じとった。

二人にはほかにも、運命的というような不思議な共通項がある。誕生日が同じ月日であること。ひとりは若い頃、四歳の女児を置いて家を出た。ひとりは四歳の時、母に置き去りにされた。

井上光晴さんが、豪放磊落な一匹狼のようにふるまえばふるまうほど、家庭という安息の場を、愛する妻や子を、どれほど大切にする人か、と私は思い知る。荒ぶる神のようにふるまいながら、いくつになっても、母のぬくもりという見果てぬ夢を、追うことから自由になれなかった人ではなかろうか。

瀬戸内さん宅訪問のエッセイの切り抜き（「中日新聞」同年八月十六日）を、井上さんに郵送する。数日後、不機嫌きわまりない口調の電話が、井上さんからあった。

「俺には、何のことかさっぱりわからん」

とエッセイは一蹴された。反射的に、私は三十代の染色作家たちを前にした瀬戸内さんの言葉を思い出した。が、沈黙するに限ると思った。

「三十代の男はいいわね。五十代の男はダメ、うすぎたない」などと、軽い調子ながら、幾度も口にしていた瀬戸内さん。

この頃、私は同じ名古屋の出身で、高校（旧高等女学校）の先輩にあたる「熊沢光子」という女性を追って原稿を書き進めていた。非合法共産党時代に、党員のハウスキーパーをつとめ、悲劇的な短い人生を自らの手で終えた人である。

瀬戸内さんは、親切に助言してくれた。もっと彼女の生きた時代をよく知ること。その時代の空気まで身につける程に、当時の新聞や雑誌を読み、広告にも目を通すこと、とアドバイスを受けた。田村俊子や菅野スガ、金子ふみ子等を主人公とするすぐれた評伝、小説を生み出した人ならではの貴重な忠告と、有り難かった。

私の身辺は、こども達の成長とともに、時間的には、以前よりはややゆとりができた。

しかし、大学生、高校生、中学生、小学生の娘たちそれぞれの悩みと問題にふりまわされ、心が揺れたり苦しんだりした。夫は事業にかかりきりで、「ウチは母子家庭ね」と皮肉をこめていってみても、現実は変わらなかった。夫には会社を経営し、社員の生活を守る重い責任があることを、頭でわかっていても、辛さは変わらなかった。

こどもが幼い時は、母親はからだと心を直接的に求められる。思春期のこどもは、もっと深い場所で、親を求め、親を試し、自らも迷いの沼の中でもがき苦しむことが多い。親は、何をしたらこどもの心に、こちらの声が届くのか、どう手を差しのべたらよいのかと、迷い悲しみ、おろおろとして傷つく。こんな愚かな母でも、この子たちにとっては世界で母と呼べる人は私しかいないのだ、と思えば切なく、いとしさで胸がいっぱいになる。親子とは、家族とは因果なものだ。

『幻の塔』

一九八三（昭和五十八）年二月。

久しぶりに、木曽谷文学伝習所が、木曽郡上松町の国民宿舎で開かれた。真冬の木曽も、木々のたたずまいも美しかった。風は切りつけるように冷たいが、空気は限りなく澄んで、ぴんと張った布のような青空がひろがっていた。

私は大学生の長女をともなって、参加した。

「行ってみる？」と尋ねたら、こくりと肯いたからだ。彼女は神経が過敏になり、さまざまな思いこみに悩んでいた。疲れた心と鋭敏すぎる神経を持つ娘を、伝習所の破天荒な雰囲気の中に連れだしたら、悩みから抜け出せるのではないか、と思ったのだった。

井上さんは、心の奥深いところではどうであったか知らぬが、表面上は私たち母娘での参加を喜んでくれた。

夜の宴会では、長女を前にして、お得意のトランプ占いをしてくれた。かつて、佐

木曽谷文学伝習所にて。左から奥谷孝男さん、著者、井上光晴さん

世保にいた若い頃、俺はこれで稼いでいたんだ、とホントともウソともつかぬ話で煙にまいて、器用に、白い指先でカードを切る。

瀬戸内さんとの初対面でも、飛行機の中でトランプ占いをしてみせ、「貴女はこれまでの仕事をすべて捨て、新しい仕事をします」と断言してみせたというエピソードは、何度も聞かされた。

流行作家として、多くの連載をかかえ、どちらかといえば中間小説を書いていた瀬戸内さんは、井上さんの暗示通りに、アナーキスト朴烈《バクレツ》とともに死刑宣告を受け、のちに減刑をはねのけ自死した金子文子の激しい人生を描いた衝撃的な小説『余白の春』を発表する。井上さんのトランプ占いのせいだろうか。以後、これまでの作風とはちがった作品を生み出してゆく。

結核療養中だった敬愛する埴谷雄高さんにも、「埴谷さんは助かります。絶対死にません」とトランプ占いで宣言した井上さんである。人の心を読む術にたけていて、本人が言ってもらいたい言葉をすくいだして口にするのが、彼のトランプ占いである。それは、優しさの極みのような行為である。決して、単なる嘘とか、インチキの言葉でかたづけられはしない。

彼は娘にいった。

「うーん、あなたの病気は、すぐには治らんかしらんが、結局のところ、すこしずつよくなりますよ」

長女はうつむいて、井上さんの言葉を反芻しているようだった。この時以来、井上さんはしばしば「どうですかあ、娘さんの具合は……」と、気づかってくれた。

ある時、東京の大学に在学中だった娘は突然に井上邸を訪問したらしい。私はまるで知らなかった。後から聞いて、若さとは、苦しみもするが、何と行動力に富んでいるものだと、舌を巻く思いであった。

井上夫人も二人のお嬢さんも在宅で、夫人の手づくりの料理をご馳走になって、帰ったらしい。その時もらった〝レストラン井上〟という井上さんの筆跡の箸袋を、娘は私にくれた。

やがて、冷たくとぎれてしまった井上さんと私との関わりは、かなりの年月を経て、病気に倒れた井上さんとかつての弟子という点で、復活する。再び手紙や電話で交流するようになる晩年にいたるまで、娘への気づかいはいつも、変わらなかった。私の心の痛みを敏感に感じとって、已れの苦しみのさなかにあってなお、親切に気にかけては尋ねてくれたことを、今思いかえし、その優しさに、深い感謝の気持ちでいっぱいになる。

八〇年代初めの頃、私は同人誌に、小説『熊沢光子』を連載中であった。取材のため、彼女の女学校時代の恩師を、東京の久我山に訪問した。また彼女がハウスキーパーをつとめた相手であり、特高のスパイであった大泉兼蔵が、しぶとく生きのこり、本郷でビルまで建てていることをつきとめ、大泉の住居まで訪ねていった。そうした取材で上京した折も、私はもう井上さんに連絡はしなかった。距離を置いた。冷たい恩知らずの弟子であった。

一九八三（昭和五十八）年、十一月のはじめだったと思う。長野で伝習所が開かれるという。あまり気のないままに、長野のホテル犀北館に宿をとって、参加した。この夜、起きた事件は、いったいどう考えたらいいのか、いまだに不可解なままだ。

いつものように、講義のあと、宴会があった。さらに、数名の有志と井上さんを囲んで、小さなスナックバーへ出かけた。

そこへ、長野市のある同人雑誌のメンバーだというがっちりした体躯の男が、入ってきた。すでに、どこかでかなり酒を飲んできた様子であった。昼の講義にはいなかった男だと思う。

「炭坑で働いたとか、何とか言やあがって」

意味のよくわからぬ悪態をついたと思うと、いきなり井上さんに殴りかかった。女たちは悲鳴をあげ、男たちもやめろ！　と叫んだ。だが男は井上さんの首を腕にかかえこむと、悪態をつきながら井上さんの髪をぐいぐい引っぱる。私は言葉も出ず、ただ息をのんだ。男を刺戟すれば、もっと凶暴になるのでは、と恐れた。井上さんもじっと我慢して、無抵抗で首を押さえこまれ、髪をひきむしられるままになっていた。

誰も体をはって男をひき離す者はでてこなかった。ほんの数分。いや数秒の出来ごとだったのかもしれない。作家井上光晴の屈辱的な姿を、私は見守った。止めに入らなかった。数年前だったらどうしただろう。はねとばされても、蹴られても、男の足に噛みついてでも、井上さんを助けようとしたのではないか。

やがて、男は急に正気にかえったように、自分から手を離し、ふいと姿を消した。現れた時と同じように。

その夜の宿である犀北館にもどってから、井上さんは荒れた。口惜しさと怒りが、からだ中から吹きだしたようだった。

北陸から参加していたKさんという女性の部屋に私をともなって入りこみ、彼女のふとりじしの白い胸もとを手荒く開けた。豊かな乳房をつかみ出すと、口にふくんだ。

「ほら、ちゃんと見とけ」

そんな言葉を吐いた。北陸のKさんは、嬉しそうに口を開けて笑っていた。

伝習所は、だんだん崩れてゆく。変質してゆく。寂しさを噛みしめて、そう思った。師への思いも、また冷めていった。佐世保での、初期の輝くような日々は、遠い彼方にとび去った、と思った。

翌朝、井上さんは何事もなかったような、さっぱりと洗いたての顔つきで、会場に現れた。そして、昨夜の暴力事件のことについて、「何で彼が俺を殴ったのか、訳をきちんときけばよかったですね」と冒頭にいったが、張本人のOという男は、姿を見せなかった。

頭痛がし、背すじがぞくぞくした。風邪をひいたらしい。それを救いの神として、私は一人、早々と名古屋へ帰った。逃げるように。空しさが、胸をよぎった。

車窓から色とりどりに紅葉した木々の重なりが見える。錦繍とは、なんとよくいいあてた言葉だろう。自然の美しさが、熱のある身にしみ入る。もう伝習所を全部閉鎖してしまえばいいのに、と私はぼおっとした頭で、そればかり考えていた。

次女の大学受験、三女の高校受験などが、母としての私に、多くの事務手続などの煩瑣な仕事や経済的やりくりと心労をもたらした。

そんな中で、細々ながら、熊沢光子のことを調べては、原稿を書きついでゆくことが、私の心の支えであった。

戦前の消費組合運動のリーダーとして、熊沢光子と接点を持ったといわれる東京在住の山本秋さんに、連絡がついた。熊沢さんが上京するきっかけを作った重要人物と思われる人だ。すでに高齢の山本さんから懇切な手紙が届き、埴谷雄高さん本人も、埴谷夫人（故人）も、熊沢光子の相手、大泉兼蔵をよくご存知のはずだから、尋ねると良いと、示唆された。

埴谷雄高さんに手紙を書いた。ほどなくして、埴谷さんから返事があった。新潟から出てきたばかりの農民まるだしの大泉兼蔵に、共産党幹部らしい服装をさせ、文章の手なおしまでして、埴谷さんが面倒を見たこと。やがて、埴谷さんが治安維持法で投獄されると、大泉は埴谷夫人に、自分のハウスキーパーにならないか、と鉄面皮にも、もちかけたことなど、貴重な事実を教えてくれた。とても嬉しく有り難かった。

私生活では、この年、姑が脳梗塞で倒れ、救急車で運ばれるという出来ごとがあった。当時私は、知人に頼まれ、週に数回、私立大学の非常勤講師もしていたので、あちらもこちらも手が抜けないという身が引き裂かれるような思いの中で、原稿をまとめにかかった。東京の私大四年生の長女の、卒業を目前にしての網膜剥離の手術にも上京しなければならなかった。

このような多忙な状況の中で、調査も取材もまだ不十分だったが、書き継いできた原稿を、一冊にまとめることになった。一九八五（昭和六十）年のことである。非合法共産党時代の関係者は、高齢者になったり、故人になったりしている。未熟なままであっても、今、活字にしておけば、もっと私より優れた人が光子の足跡をたどり直してくれるかもしれぬ。そう思った。

題は『幻の塔――ハウスキーパー熊沢光子の場合』とした。表紙は、東京の美大へ進学した次女が、描いてくれた。

帯の文章を、思いきって井上さんにお願いした。疎遠になっていたにもかかわらず、忙しい中、よくひきうけてもらえたものだ。こんな時だけ、連絡する非常に嫌な奴、それが私だった。

――理不尽な残酷さ　　井上光晴

非合法時代、日本共産党のハウスキーパーについて、これほど生身の報告があったろうか。

文字どおりこの小説は、「同志」である特高のスパイと同棲した熊沢光子の不条理な残酷さを提示しているのだが、作者　山下智恵子の目は、さらに奥深い性の哀れさをも透視しているようだ。

「歴史の暗部に埋もれた性」の痛ましい衝撃!

過分の言葉であった。性の哀れさにまで、とても私の筆は届いていないのだ。有り難かったのに、正式にきちんとお礼の心を伝えるには、どんな方法が良いのだろう……と、迷っているうちに、どんどんと時機を失してしまった。お礼というか、原稿料を現金でさしあげては失礼だろうか。どのくらいの額が妥当なのか。世間知らずな（いい齢をして弁解にもならないが）私は、考えすぎて混乱した。伊勢海老を送って、当座のお茶を濁し……、結局そのままにしてしまった。伊勢海老なんぞ、崎戸島で育った人には、〝なんだ〟といわれると、後になって気づいた。迂闊で気のきかぬ私である。

私はもう蚊帳の外

『幻の塔——ハウスキーパー熊沢光子の場合』は、拙いながら、彼女の痛ましい生涯を知る人や、すこしでも当時の運動にかかわった人からは、よく書いてくれたと、手紙が届いたりした。

けれども、作品そのものの評価は二通りにわかれた。

冒頭の部分のように、なぜ全篇通してフィクション化して書かなかったのか。作者の分身、素人くさい主婦ライターが登場して、もたもたするのは、見苦しい。どんなに取材に苦労したかなど、書くのは愚かだ。もう一度書き直したらどうか、という忠告もあった。

瀬戸内寂聴さんからも、最初のページのような調子で全部書くべきだ。役場でうろうろするような場面は書くべきでない。光子が小学校へ入学する場面の作者がイメージで描いた部分がよいのに、と批判の電話をいただいた。

一方、体温を感じさせる主婦が、右往左往しながら、歴史の波に消し去られた熊沢光子の足跡を、一つ一つ捜そうとするところが良い、と評価する人もいた。

この本をきっかけに、鶴見俊輔さんが、『思想の科学』に書く場を与えてくださったり、日外アソシエーツの辞典をつくる（社会運動に関わった人の）仕事へと、導いてくださったことは、嬉しい余波の一つである。

一九八六（昭和六十一）年の『朝日ジャーナル』五月二日号が、ブックスタンドという書評欄で、〝推理小説を読むような興奮を与える〟と評してくれた。

同じ年に、名古屋の市民運動家のグループが、井上さんを講師に招いたことを、風の便りで聞きおよんだ。洋酒シーバス・リーガルをさげて会場へ出かけた。話の中で、一週間ほど後に、中国の上海市で文学伝習所を開くという話を、はじめて知らされた。私はもう蚊帳の外だった。

講演後、井上さんに「お元気で中国へおでかけ下さい」と挨拶した。井上さんは、そっぽをむいたまま、まったくお義理という感じのふわっとした握手を返した。かつてない冷淡さであった。

四章——病を抱く人

生き急ぐ井上さん——癌の発病

中国で天安門事件が起こった一九八九（平成元）年の十一月。井上光晴さんは新日本文学会主催の「中野重治没後十年記念の集い」で講演し、その中で「僕は大腸に癌ができています」と公表した。

また「東京新聞」（「中日」）のエッセイでも「一九八九年秋の心境」と題し、癌発病と手術を行ったことを書いた。

腸にポリープがあって、短い入院をしたが、切らずに出てきたと以前に聞いたことがある。それが、S字結腸癌にまで、成長してしまったのか。ショックを受けた。

見舞の手紙を書いた。もう過去のことに、なんのわだかまりも無かった。心から井上さんの病気回復を祈る気持ちが湧いた。もう一度元気になって、後世に残る作品を書いてほしいと、心底希った。

私自身、五十代になり、からだに不調が現れていた。三女の大学受験に便乗して、北海道へ短い旅をした時、札幌ではじめて、いままで味わったこともないような不気味な胸苦しさと圧痛を覚えた。両足が大地の底へとひきずりこまれていくような、不安に襲われた。狭心症のはじめての発作であった。以来、ニトロの錠剤あるいは貼薬を携帯するようになった。それでも、今のところ日常生活には目立った支障はない。

朝めざめて、ああ、まだ生きていたのか、と辛い気持ちで、むしろ死を望んだ数年前とは、ちがっていた。私自身は、生きるも死ぬも、自分の意志をこえたものなのだろう、と諦念に似た思いに至っていた。

井上光晴さんには、もっともっと生き、書いてほしかった。疎遠になっていたとはいえ、文学に対する姿勢など沢山の貴重な示唆をもらい、師と呼ぶべき井上さんには、いつまでも、意気軒昂でいてほしいのだ。

時間を惜しむように、井上さんは術後のからだで、なおも『文藝』に長篇『暗い人』第三部の連載を続け、九州の佐賀に飛び、その同じ週に函館で講義をし、山形へも行っている。なにかに追われているような強行スケジュールである。

話が前後するが、一九八六（昭和六十一）年、井上さんは自身が編集する雑誌、第三次『辺境』を出すことに力を尽くしていた。『辺境』第一次から水俣病患者とともに苦しみを背負い、公害を告発した『苦界浄土』の石牟礼道子や、炭坑労働者の姿を鋭く描きだした『追われゆく坑夫たち』の上野英信など、すぐれた書き手が世に出て、注目された。途中で発刊中止になった雑誌『使者』に代わって、ふたたび『辺境』を世に出すことで、文壇とは質のちがう、しかも優れた書き手を、と意気込んでいたと思う。

また、癌発病の前年には、冒険を承知の上で、講談社から火の巻、風の巻、地の巻と三巻を合わせた大部な本、『文学伝習所の人々』を、編集し発刊した。私も火の巻に「坂の途中」という短篇を載せてもらったので、責任を感じるのだが、分売不可の一式四千五百円という販売方法は、活字離れが進んでいる中で、無謀ではないかと、あやぶまれた。

不幸なことに、危惧は的中し、本は売れなかった。井上さんの意気込みと期待に反して、反響も評価も、思ったほどではなかった。

このことは、井上さんを失望させ、焦燥感をつのらせたのではないだろうか。

第三次『辺境』も、『伝習所の人々』の発刊も、結果として、井上さんをひどく消耗させたのでなかろうか。病気の芽は、この頃から頭をもたげていたように思われてならない。

また、発病の年に、函館の伝習所を拠点とする季刊誌『兄弟』が、創刊された。これも、財政難の噂が、私にまで届き、カンパしたこともある。ストレスの種子がいくつも重なったのかもしれない。

辺境にこそ、文学の火種ありと主張する井上さんは、函館が気に入り、マンションも購入して、ここで文学運動を展開するつもりだったらしい。

全国に散在する伝習生も、〝中国に病院を贈ろう〟という井上さんの趣旨でカンパし、『伝習所の人々』購買にお金がかかり、また『兄弟』を支援するためのカンパ要請では、あまり経済的ゆとりのある人が多くないので、大変だったと思う。その苦しさから、離れてゆく人が出ても責めることはできない。

生きることへの〝願望〟

一九九〇（平成二）年六月、井上さんのからだから肝臓に二カ所、癌の転移がみつかっている。七月、東大病院で、肝臓の四分の三、八百五十グラムを切除する手術を受けた。

私はお茶断ちのかわりに、好きなコーヒー断ちをして、井上さんの病気快癒を祈った。なにも力になれないのが辛く、といってできるのは、そんな気やすめのようなことだけだ。邪魔にならずに、祈りを届けるのは何だろうと考えたが、何も思いつかず、ただ見舞いの手紙だけを送りつづけた。

八月八日。手術後、半月ほど経過した日、以前よりわずかに声量は落ちたが、はりのある声で、井上さんから電話があった。

「心のこもった手紙をいつもありがとう。手術もうまくいきましたよ。二、三日集中治療室にいて、個室にもどったら、偶然、中野さん（重治）が入っていた部屋でね。うん、なんか俺の肝臓ふしぎでね、すぐに数値がよくなったんですよ。なに、コーヒー断ち？　ああ、そのせいかもしれんね、調子が良くなったのは。ありがとう、もう今日からコーヒー飲んで下さいよ」

病人なのに、いつものようにリップサービスを忘れない井上さんが、哀しかった。

九月十二日、午後九時。自宅から井上さんの電話が入る。

「明日、東大病院で抗癌剤を打つんですよ。今のところ、血液検査の結果は良好です。一センチでも癌が発生すると、数値でわかるわけ。まあ、まだそうなってほしくないけどね。うん、宙づりというか、いい気分ではないね。いろいろ枝葉のことを考えてしまうから。

体重はまだ、元にはもどらんけど。三キロほど減ったね。そう。本は読めるんだよ。今度の入院では、岩波の日蓮の書いたのを、全部読んだ。ああいう時は、辛いことを書いたもののほうがいいんだ。かえってね。うん。

タケウチっていう精神科の医者がね、群馬の。彼がアメリカへ行く前に、ぜひ会いたいというもんだから、家へ来てもらったんだ。酒飲んでないからねえ、冴えわたってね、将棋をしても、きちんと打てる。そう。

仕事をそろそろはじめんとね。長いものも書くよ。もう構想はバシッとあるからね。

そう。『群像』にね。自分のことばっかりいったけど、あなたのからだの調子はどうですか。娘さんは元気にしてますか。

また関西へ行く用事があるから、その時にでも、名古屋へ寄りますよ。お茶でも飲みましょう」

久しぶりに、饒舌な井上さんであった。日蓮の……云々は、『可延定業御書《かえんじょうごうごしょ》』である。この年の『文學界』十二月号に井上さんが書いている文章によれば、この書物は、「生きることへの願望」をひたすら説く手紙だという。病気の尼僧に、法華経を深く信仰すれば、必ず治癒するとはげます日蓮。

〝命と申す物は一身第一の珍宝也。一日たりともこれをのぶるならば、千万両の金にもすぎたり〟という日蓮の言葉は、肝臓切除の手術に成功したものの、心の奥に、転移を恐れる気持ちと、小説を書きたい、一日でも長く生きて仕事をしたいという現在の井上さんの心に、しみとおる文言であったろう。

元気そうな声で、時には丁寧語、時には昔どおりの言葉づかいで話す井上さんの電話は、私の胸をいいようもないせつなさで満たした。

〝お茶でも……〟などと、アルコールの飲めない私に合わせるようにいう井上さんを、危ぶんだ。昔なら、アルコールの飲めん奴は信用できん、などと差別的な言葉を平気で吐くのが井上さんだったから。

『群像』に長いものを、といっていた作品は、二百七枚の「紙咲道生少年の記録」という小説であった。スポーツシャツを清潔に着こなした悧口そうな小学六年生。母と姉との三人暮らし。父に捨てられた家族という設定は、祖母と妹と光晴少年という昔の井上さんの家族構成の類似を思わせる。

少年はマンション上部にも持ち運びできる折たたみ自転車を駆って、都会の暗部を走り抜け、三十代の女性を犯しては殺害する。私はこの小説から、アメリカの作家、スティーブン・キングの作品、『ゴールデン・ボーイ』との共通性、悪が悪を生む戦慄を感じとった。

外観は模範的な少年が、内部から悪に侵蝕されてゆくのを、とどめようもない現代。病気と闘いながら、井上さんは「意地になって書いた」という。それでも、自身が死をみつめつつ書いたので、主人公を厳しくつき放し、断罪する手が、すこし鈍ったと告白している。

奇跡を信じたかった

湾岸戦争が始まってしまった一九九一（平成三）年。正月早々に、井上さんが尊敬してやまなかった野間宏さんが、癌で逝去する。衝撃は大きかったであろう。井上さんは『海燕』三月号に、追悼の詩を載せた。

どんなふうに喋ったって
野間さんはもういないんだよなあ
恵比寿駅の地下道を上がった中華料理店で
味のしない八宝菜をつまみながら
いちばん悲しんでいたのは誰かと
不謹慎な問いを発し
竹之内静雄の目は腫れあがっていた
など冷静さを装ってみても

老酒の酔いは
いよいよ沈んで行く一方であった
作家石和鷹と集英社の松島義一がそこにいて
今度は肝臓癌の番だと甘えかかる私を本気でたしなめた
　葬式の日の午後

湾岸戦争の即時停止と、その犠牲者の冥福を祈願して、国会前で断食したいという瀬戸内寂聴さんを、止めたのは井上さんだという。

井上さんは『波』三月号に「女性と子供、そして兵士を殺リクする荒廃の渦中に生きながら、なすすべもない自らのあわれさをただ、噛みしめるのみ。」と、血を吐くような心中を綴っている。

かけがえのない永年の友として、瀬戸内さんは、自身が断食することで、井上さんの願いも、叶えようとしたのではないか。国会前はやめて、寂庵で断食を敢行した。二月十七日からであった。

断食後、体調を崩して京都市内の病院に入院した瀬戸内さんを、嵯峨野塾の講義の翌日、井上さんは見舞っている。いつも見舞われるばかりだった井上さんは、いくぶんか嬉しかったのではなかろうか。

小康状態であったのか、三月十二日、井上さんから電話がある。元気を出そうと頑張っていると思わせる声と、内容であった。

「このところ、だいぶいいですよ。だからね、『辺境』になにか書いて下さいよ。五月末までに、第四次として九月には出しますからね。庄さん（幸司郎）も松本さん（昌次）も応援してくれることになったからね。函館の『兄弟』はやめにして。

それと、伝習所のことをね、八月に崎戸でみんなと話しあおうと思ってね。限定三十名。差別するわけじゃないけど、こんどばかりはね。そう、来れますか。じゃあ、羽田から一緒に飛行機で行こう。ところで、どうですか。書いてますか。もう書くしかないでしょう。バシッとしたのを書きなさいよ。なんで書かんのか……」

さすがは井上光晴、と私は思った。S字結腸癌も、肝臓癌も、荒ぶる神のような井上さんの前に、屈服したのか。そう思いたかった。十三年前に、井上さんと伝習所の仲間とともに、野いばらを踏んで崎戸島の丘に立ち、青い海を眺めた時のことが、甦った。新しい自分になろう、これまでとはちがった小説を書こう。自由をはばむものと闘ってゆこう。シャツ姿の井上さんの横で、少女のように胸おどらせて海に見入っていた情景が、映画の一シーンのように浮かんだ。長い年月の中の、失意や得意や不信などは、小さな泡沫だったような気さえする。今の澄んだ気持ち、敬愛とでも名づけたいような自分の心が、嬉しくさえあった。師の病いからの生還。奇跡を信じたかった。

五章——暗転

恐れていた二次転移が……

元気そうな電話に、明るい灯を見たと思ったが、二カ月もせぬうち、事態は別の方向に進んでしまった。

五月一日。群馬県佐波郡に住む片山泰佑さんから、電話が入った。教員を定年退職した片山さんは、伝習生の中でも落ち着いた誠実な人柄を井上さんに見込まれ、一九八八（昭和六十三）年から、全国の伝習所の事務局長をつとめている人だ。

その片山さんの、重々しい口調の電話に、私の心はヒヤリと縮みあがった。最初の一声で。

「井上先生の両肺に、癌が転移したそうです。崎戸行きは、残念ながら中止となりました」

恐れていた二次転移であった。片肺ならば三度目の手術という可能性もあろう。しかし、両肺では……。言葉を失って黙りこんでしまった私に、片山さんはまた病状など詳しいことがわかったら連絡する、と約束してくれた。

この十数年の間、井上さんから絶えず、なんで書かんのかあ……と、叱られてきた。井上さんに喜んでもらえるような作品は、書けなかった。この間、私生活では、私は母と長兄を喪くし、入退院を繰り返した姑の最期をみとった。

こどもたちは、それぞれ個性的に成長した。悩みや苦しみは、数限りない。むろん、喜びも味わったが、主婦であり母である私にとって、成長するこどもたちの悩みや苦しみは、避けて通れないことであった。それは、落ち着いて小説を書くということから、程遠い環境であった。子どもを書けないいい訳に、したくはない。私の弱さの故であろう。とにかく、書けなかったことは事実だ。書きたいという思いは、絶えたことがない。それが出来ぬ苦しさや、焦燥感に、いつも追われていた。

話が前後するが、ある時、こどものカウンセリングに同行し、ただ声もなく涙を流す私に、「お母さんも鬱やねえ、薬出します」と医師がいった。私も辛かったが、家族もこんな妻、こんな母を持って、大変だったろう。何が一番手薄になったのか。どこにしわよせがいったのか。今も、よくはわからない。

　井上さんは、両肺に二次転移した病巣をいくつか抱えつつも、決して書くことをやめない。手術は不可能という結論が出され、今度は癌研病院に入院して、化学療法を受けることになった。

　抗癌剤の点滴とインターフェロン注射に、井上さんが辛抱強く耐えたのは、退院し小説を書くため、愛する家族の待つ家へ生還するため、それにつきただろう。彼はつねづね、俺は闘病記というようなものは、ゼッタイ書かんね、といい、フィクションにこだわりつづけていた。次のような詩を書いている。

　肩にインターフェロンを射つと
　血管に巣喰う青い蝶が羽ばたく
　足首を湯たんぽにのせ
　眼と耳奥の激しい乾きを氷枕で冷やす

六月の湿った夜
その男は決まって午前二時過ぎにあらわれ
両肺にまたがるガンの進行を
あれこれ詮索するのだが
C・Tの影か
おれ自身なのかはっきりしない
見ず知らずの人から『奇跡が起こる尿療法』という本を送られ
朝一番の尿を飲む永田洋子の「獄中通信」を思い起こしていると
食塩水とだけ記された点滴瓶を　平たい虫が這い上がっていく
三八・四度
三八・二度
三七・六度
三七・五度
凍った茘枝《れいし》のように
熱は溶けはじめる

（『文藝春秋』一九九一年八月号）

七月に入って、群馬の片山さんから、井上さんの病状などについて、報告をうけた。病院から週末は外泊許可をもらって自宅にいる井上さんを、六月九日に片山さんら同人誌『クレーン』の仲間たち十名ほどで見舞ったという。私もわずかだが気持ちだけ参加させてもらった見舞金を、片山さんがさし出すと、

「そうですか。じゃ、ガチャガチャいうと面倒くさいから、この際、受けときましょう」

と、受けとってくれたこと。

そして、二時間ほども、今後、伝習所をどうするか話しあったという。井上さんは、二人でも三人でも、情熱をもって、私達がやりますと、誰かが名乗りでることを、望んでいたのだろう。だが、現実は、井上光晴あっての伝習所なのだ。誰も後継者たりえない。井上さんは、どんなにか寂しかったであろう。

井上さんに会った最後の日

秋が深まっていた。病床にある人は、何を考えているのか。ただ遠くにいて、祈っているだけに耐えられなくなって、十一月五日、私は新幹線に乗ってしまった。会えなくてもいい、ただじっとしているよりは、という心境だった。

文化の日と振替え休日の連休に続く日のせいか、満席で立ちつづけのまま、東京駅まで行った。新宿で京王線に乗りかえる前に、井上さんの自宅に何度も電話した。コールが十回をこえても、応答はない。癌研か、調布市の東山病院に入院されているのか。

井上さんの家を、外から見て帰るだけでもいい、と心が決まると、果物を買って調布へ向かった。

頭上には、澄みきった高い青空があった。不安におしつぶされそうな心とは、まるで関わりなく、あちこちの庭に、ゆったりとコスモスの花が風に揺れ、柿が陽を浴びて輝いている。

捜しあてた家は、レンガ塀で囲まれていた。ざくろの枝が、晴れあがった空を斜めに切って、梢から熟れた実がぶらさがっている。

三階の窓を見上げる。あそこが、書斎だろうか。井上と横書きされた表札の脇の、インターフォンを押す。応答がない。

足もとに、ルビーのようなざくろの粒がこぼれ散っている。かたい果皮をはじかせたざくろと、赤くきらめいている粒を、拾ってハンカチにくるんだ。

鉄製の門扉に触れてみる。熱かった。押すと、予想に反して扉は開いた。不法侵入者のようにおびえながら、さらに進んだ。犬小屋があり、ブラシが投げだされているが、小屋の主の姿は見えず、吠え声もない。

自転車が一台。元気な頃、これに乗って井上さんは多摩川べりや調布駅までペダルを漕いだのか。きっと閉まっていると思いつつ、玄関の戸に手をかける。開いた。

長い時間、声をかけてから、待った。郁子夫人が現れた。疲れた表情だが、美しかった。以前にも、木曽や『文学伝習所の人々』の出版記念会でおめにかかっている。井上さんは点滴中だとのこと。夫人からお話を伺えただけで、満足だった。帰ろうとすると、ちょっと待って、とおしとどめられた。

「上がって下さいといってます」

階段の幅を狭めて、本や雑誌が積みあげられている横を、三階まで登る。

寝室に二つのベッドがあった。その一つに井上光晴さんが、横になっていた。何年ぶりだろう。じかに顔を見るのは。白い細い髪が乱れている。もうずいぶん前、私の前髪に白いものを見つけ、「ほらあ、人は年をとるんだ。小説を書かんと……」と叱ってくれた。あの頃の井上さんの髪は、ふさふさとまだ若々しかった。声に力があった。

今、やせた顔は黄色味をおび、艶が失せている。胸がせまった。

「ここ二、三日調子が悪くてね。腸が癒着しているから、腹が痛んでトイレへ何べん行っても出ないから、眠ってないんだ」

私はとんでもない状況の中へ、ずかずか入りこんでしまったのだ。

「やっぱり、命ながらえることばかり考えるよ」

「昨日はもう痛くて死ぬかと思った」

「この痛みを十日がまんしたら、一、二年命をのばしてやるといわれたら、また痛みも変わってくるんだろうけどね」

私は言葉もなく、ただ井上さんをみつめた。点滴のために固定された右手は、女の手のように細く白い。

「もう抗癌剤もなにもかもやめて、小説書いて死んでやろうかな、と思う日もあるんだ」

やけくそのようにそういって、目をつむる。胸痛の発作がはじまる時のように、私の胸は重くおしつぶされる。

癌研病院へ明日はこの体力では行けそうにないといってくれ、と夫人に指示する井上さん。点滴は近所の医師、看護婦が来て処置してくれるんだ、という。癌研はいやだよ、患者が可哀そうで見とられんよ、実際。

自分も患者であるのに、他の患者のことを同情していう。なんという人だ。猫がひっそりと部屋を横切ってゆく。たずねると絹代という名前だと教えられた。絹代さん。呼んでみる。ふりむきもしない。

「立ったままでいられると、俺のほうが落ち着けないじゃないか。そこに坐りなさいよ」

と夫人のベッドを指す。端にそっと腰をおろした。

「こんなことに無駄な時間を使わんで、その暇に作品を書きなさいよ」

叱責されても、その声があまりに弱々しく、哀しいばかりだ。

癌研にも、近くの東山病院にも連絡がとれたらしく、「いまからすぐ東山病院に入院です」と夫人の声がした。

「あなたもタクシーを呼ぼうか。このあとどうするの？　そう、娘さんの所へ。武蔵野のそこなら、調布駅から直通のバスが出てるよ。娘さんのこと、あんまり考えすぎず、元気だしてがんばって……」

一晩中、腹痛にさいなまれて眠れなかった重病人が、見舞いに訪れた私を、反対に気づかう言葉を忘れない。なんという人だ。もっと弱音を吐いてもいいのに。もっと悪態をついてもいいのに。私はだまって、ただうなずくばかりだった。

これが、井上さんに会った最後の日になった。残酷なまでに美しい秋空だった。

六章――映画『全身小説家』のこと

カメラの前での誘導訊問！

一九九二（平成四）年五月末の、井上光晴さんとの永訣のあと、放心したような日々があった。

しかし、死者と生者は俗事で隔てられてゆく。私はいやでも日常生活の瑣末なことや、家族のことなどで、自分の時間をとられた。悲しみに、どっぷりつかっている暇のなかったことは、今思えば救いだったのかもしれない。

長女は、他人が羨む公務員になったが、東京の公立大への編入試験に受かり、再び上京。けれども体調すぐれず大学を退き、さまざまな職につき、自分なりに苦闘をつづけていた。これも東京の美大の大学院を出た次女は、バブル期で入社した会社を二年で辞め、ほそぼそとでも絵を描く生活を求めて名古屋へと帰ってきた。三女は北海道で獣医師の国家試験をひかえ、北海道弁でいう「ゆるくない」日々らしい。末娘は美術系大学を志望して、東京の予備校へ通っていた。

夫は会社の経営に、日夜かけずりまわり、手一ぱいだったのだろう。こどもたちの問題は、私のところに集中豪雨のように降りかかる。あまりにも日本的な風景だ。

いま思いかえせば、私は半分ほど病気だったのかもしれない。あの娘、この娘の心が揺れ、傷つくたびに、私も共振し、疲れはてた。空虚さをかかえ、こどもの親として失格ではないかという自信の無さに絶えずさいなまれた。それでも生きつづけなければ、という目に見えぬ手に、痛む背中を押されていた。

外から見れば、いつも忙しそうに飛びまわっている人、と映っていたことだろう。もっと落ち着いて、ものを書くことだけに専心すれば良いのに、と眉をひそめる友人もいた。

七月十四日。東京から小林佐智子さんが、私に会いに来名した。彼女は疾走プロダクションのプロデューサーであり、前橋だったかの文学伝習所の伝習生でもあった。

一度、東京で見かけたことがある。あれは紀伊國屋ホールでの井上さんの講演のあとの、二次会の会場であったろうか。小柄で、まっすぐな髪をうしろでひとまとめにした化粧気のない美しい顔立ちの人、と私の記憶にある。

『ゆきゆきて、神軍』という優れたドキュメンタリー映画を作った原一男監督の夫人であり、現在は疾走プロダクションのマネージャーとして、手術中の井上光晴さんを撮影したことも、聞きおよんでいた。また、井上さんを見舞った時、本人から調布の自宅から東京の癌研や東大病院への通院の際も、疾走プロの車で送迎してもらっていると聞いた。当然、六月の信濃町千日谷会堂での葬儀の模様も、撮っていたにちがいない。

その小林佐智子さんが、私へのインタヴューの依頼に、名古屋まで来たのだった。彼女の真剣な思いは、私にも伝わってきた。井上さん亡き今、全国あちこちに点在する伝習所で学んだ人間に、それぞれの井上像、伝習所への思いなど語ってもらうことが、映画にとって、是非とも必要だと思う、協力して下さいと、まっすぐに瞳をあげて請われると、否とはいい難かった。カメラの前でインタヴューを受けることを、承諾してしまった。

八月二十五日。名古屋の夏は高温多湿。不快指数が高い。東京の予備校に通っている末娘が、夏期講座を終え、帰省していた。

疾走プロダクションの撮影隊一行のワゴン車が、家の前に止まった。九州からの帰路だという。築二十年たって、あちこちに故障の多くなったわが家に、疾走プロのスタッフと原一男監督は、まさに疾風のように（いささか埃っぽくとにかく暑い風ではあったが）、侵入した。長くとぐろをまいた黒いコードをあちこちにひっぱったり、照明器具らしきものを設置したり、あわただしく動き出す。

心の中で、とんでもないことになった、とひどく後悔した。いつものことだ。身のほどもわきまえず、「女性の生き方」などというテーマや、「こどもの教育」などという演題で、話をすることを頼まれ、きっぱり断る勇気も知恵もなく、ぐずぐずとひきうけてしまい、当日になって逃げ出したいほど後悔する。インチキな生き方、悩み多き子育てをしている身が、人様の前で何が話せよう。天変地異が起きて、依頼が御破算になればいいのに、と叶わぬことを願う。自己嫌悪にまっ黒くおしつぶされそうになりながら、会場に向かう。係の人がいて、演壇があり、聴く人々がいる。すると、私の内部に諦念という幕が降り、私は偽善者の微笑を顔にはりつけ、その日の講師を演じてしまう。

それと同様の心の動きがあった。「嫌です。撮影なんて。カメラの前で井上さんのことをしゃべるなんて」そういって、カメラも録音機も、とぐろを巻いている黒い太いコードの類も、どこかへ押し戻して、逃げ出したかった。

末娘は、高校も美術科を終えた映画好きなので、撮影に興味を示した。はりきって、スタッフに協力している。

小林佐智子さんは、車から降りて来るや「ちょっと洗面所を貸して下さい」と走りこみ、文字通り顔を洗い、長い髪を梳いている。九州からの帰路で埃まみれだったという。さぞ大変な道中だったろうと、小林さんに同性として同情した。

カメラの位置、照明機具の設定、マイクなどの調整に時間がかかり、私も娘も汗でしとどに濡れた上気した顔で、あれこれ指示に従って動いた。

いよいよ原一男監督のインタヴューを受ける。なぜか、文学上のことより、井上光晴さんの魅力は？　というような質問が多い。何故なのだろうと思いながらも、つい誘導訊問にかかったように、語ってしまうのはどういうことか。

カメラが廻る前に、ちょっと失礼と、汗だらけの顔を洗い、お白粉の一はけもつければよかったのに。そんな愚にもつかぬ後悔を片脇にぶらさげたまま、緊張して、しどろもどろに答えていった。

応接室の旧式のエアコンをつけると、騒音のようなクーラーの喘ぎ声が入ってしまうというので、録音係がクーラーの運転スイッチを切った。

カメラの前での応答は、まるで拷問にあっているみたいだ。それなのに、私はうっすらと笑いさえ浮かべて、カメラの方を見ている。

娘は録音係のお兄さんと台所でしゃべりながら、スタッフ達に食べさせようと、昼食に野菜カレーを作りだしたらしい。カレーの匂いがただよってくる。

〝自分がこんなに饒舌だったとは〟

――伝習所に最初に行こうと思われたあたりの気持ちから。

山下　その頃、私三十九歳になっていたんですね。（中略）井上光晴さんという作家は作品を通して好きで『他国の死』とか『虚構のクレーン』とか読んでいましたから、〝恐い人〟っていう感じがあったんですけども、行ってみたら全然違って。泊まり込みですから夜遅くまで皆で焼酎を飲んだり、身の上相談みたいなこともあったり、皆で肩組んで歌ったり。私は四人の子供を育てて〝お母さん〟って感じでしたから、初めてそこで一気に解放されちゃった思いで、本当に井上さんの魅力に惹きつけられたのと、仲間とも、職業とか全部とっぱらって仲良くなれたって感じだったんです。大感激して、家に帰ってきても、そのことばっかり話すもんだから、子どもたちが辟易したらしい。自分では〝佐世保ハリケーン〟って命名したんですね、自分の中のワァーッと高揚したものを。

――最初のイメージ、印象は？

山下　ええ、長い髪をかきあげながらね、入ってらして、「やあ、どうも」って言う第一声から、なんか皆、ハァーッて吸い込まれたみたい。オーラを発散して凄い魅力にあふれた方でした。声が大きくとっても深いひびきの声ですよね。作家としての魅力ももちろんですけど、一人の生身の人間としての魅力にあふれていて……。（中略）

で、井上さんのそばに寄りたいとか、自分に注目されたいとかって、皆思うんですね。私ももちろんそう思ったんです。いつも最前列に坐っていたもんですから、「アンタ、ちょっと朗読しなさい」って言われて凄く嬉しくて。「ワッ、やったやった」って気持ちで朗読係を務めたんです。
だから、一種の新興宗教の教祖様みたいな、そういう力を持った方でしたよね。あの頃って本当に井上さんお元気で、エネルギーに満ちてて。夜もあんなに飲んだり騒いだりして、お箸のチャンバラやったりね。プロレスごっこやったり。私なんかただその座に居るだけでヘトヘトなんですけど。ケロッとして翌日はまた熱っぽい講義。

これは、映画『全身小説家』が一九九四（平成六）年完成、その年のキネマ旬報のベストテン一位になった後、キネマ旬報社から出版された『全身小説家——もうひとつの井上光晴像——製作ノート・採録シナリオ』に載っている私の言葉の一部である。カメラに凝視されつつ、よくこんなに多弁でいられたものだと、今はあきれるような思いがある。私の前にはノートを開いた小林佐智子さんが坐っていて、静かな口調で私の話をひきだした。その横に原一男監督がカメラをまわしながら、問いかけたり、口をはさんだりした。台所のカレーは、しだいにおいしそうな匂いになってゆく。

――その一週間というのは、本当に何をするにも本気でぶつかって、で帰ってきたらもう凄く疲れたんです。でも井上さんから貰ったエネルギーというか、吹きこまれた息吹なのか、ワァーッとなって、書くぞ書くぞ、私はもう書けるって思って帰ってきたのに、何も書けない。

凄く高揚しているのに体力はヨレヨレで、もう小説書くだけの体力がない。皆もそうだったらしくて、伝習所の人たちから手紙がくると「かえって苦しくなって書けなくなっちゃったよ、光晴の毒に当たったよ」というようなことをいってましたね。

そして、私の話は個人的な関わりのほうへ、誘導されてゆく。

――今から思い出すと、一九七八年の春から秋にかけて本当にハシカにでもかかったみたいに、井上さんに恋してたと思うんです。（中略）

井上さんは、とっても親切なときもあるかと思うと、とっても人をいじめるようなところもあって、「なんだ、お前。図書館なんか真面目に行ったりして。俺の見てる前で、本気で万引きでもしてみろよ」ってなこともいう。「小説は、片手間では書けないよ」ときびしい口調でいわれましたし。

——肺に癌が転移した去年の十一月五日に、どうにもたまらなくなっちゃって、お会いできなくてもいいから、調布の井上さんの家だけでも見ておきたいと思って行ったことがあるんです。（中略）三階まで上がっていったら、寝室で井上さんが点滴しておられた。夜もほとんど眠ってないみたいな、お腹の調子が悪そうで。「この部屋に入ったのは、医者や看護婦以外ではあんたが初めてだよ」っておっしゃったんです。「あんたも、体が弱いって聞いていたけど、こんなところまで来る元気があるんなら、小説書きなさいよ」って、最後に叱っていただいた……。（中略）

はじめの頃の伝習所っていうのは、井上さんは、ゴールデン街でお酒飲んで編集者と馴れあいながら書くような、そういう作家じゃなくて、仕事とか家庭のしがらみとか、そういう中で生きている人間が表現者として出てくるのが本当なんだ、だから「お前たち、書けよ、書けよ」っておっしゃったし、期待しておられたと思うんですね。でもだんだんそれが、井上さん自身、途中から〝負け戦かもしれない〟というふうな感じになられたんじゃないかってことがありますね。

――はっきり〝負け戦〟って言われたんですか。

山下 〝皮を切らせて、骨を切る〟っていうような表現とか、〝負け戦〟とは違うんでしょうけれども、例えば「毛沢東が初めの頃、ごく小人数を集めて寝起きを共にしながら、いろんなことを教えたんだ」って話をしました。わずかでも思いを伝えて、そこの中から、革命ではないでしょうが、「ほんとうの文学が生まれてくるのを自分は待っているんだ、だからおまえたちやってくれ」って、佐世保に私が参加した頃には「本当に期待してるんだ」って感じがあった。

それが後になると、「待ってるんだけどもなあ」って感じに、だんだんなっていったように思いますね。

身の上相談とか、皆の悩みを吸い上げて、というのだったら、それは宗教でもいいわけだけど、やっぱり、文学、表現者が出てくることを願ってるんだ、果たして、文学の伝習なんてことができるかどうかわからないけれども、自分はやってみるんだっていう、そういう熱い思いが初めの頃にはあったと思うんですけど、それがだんだん薄まっていったように思います。

自分がこんなに饒舌に語っていようとは、キネマ旬報社から本を送ってもらうまで、気づかなかった。

汗だらけになって、カメラの前でというより、ノートを広げた小林さんに向かって語っていた。

一区切りついたところで、末娘がつくったカレーを食べた。照明、録音係などのスタッフとも一緒に食べたカレーは、おいしかった。井上光晴という稀有の作家を映像に彫みこむ作業の、ほんとの一端にでも、参加することができれば嬉しい、という気持ちであった。

どんな映画に仕上がるのか、皆目、見当もつかなかったが、天皇制と戦争責任を元兵士、奥崎謙三という個性的な人物を通して、みごとにえぐり出した原監督を、そして伝習所で井上さんの講義を聴いたという小林さんを、信頼しゆだねるよりほかなかった。

佐世保伝習所の夜の〝ふじ乃〟で、音痴の私が、苦肉の策で井上さんの詩を朗読したことを、原さんが誰から聞いたのか知っていて、カメラの前で朗読してくれという。だが、十四年間の歳月が、あれほど私の胸に刻みこまれていた詩句のところどころを腐蝕させていて、試みは失敗であった。暗誦は、つかえてしまったのだ。

一段落したところで、娘が朝から流水で冷やした白桃を皆にふるまった。前日、岡山から届いたばかりの桃は、甘くゆたかに果汁をふくんでいて、みんなが丸ごとかぶりつくと、こえらきれぬように汁が口元からしたたり溢れた。

真実とはかけはなれた映像

この映画は、一九九四（平成六）年、完成。上映のはこびとなる。題して『全身小説家』。これは、埴谷雄高さんが井上さんを評した言葉からきているという。

東京での試写会の案内状が届いた。銀座のヤマハホールが会場であった。この案内状が届く前に、群馬の女性伝習生から、かなりとりみだした様子の電話がかかった。「ひどい映画です。あんなものを上映されたら、私とても住んでいられません。みんなで上映禁止にするように抗議しようって、九州の人とも話したんですけど」

まだ内容を見ていない私は、なにがどうひどいのかわからず、曖昧な返事をするほかなかった。

すでに東京では、数カ所で試写が行われ、各地の伝習所の女性たちのインタヴューが、興味本位でとりあげられているので、抗議しようではないかという声もあがっているとのことだった。

「でも、強制的に喋らされたわけではないし……。映画は一つの作品だから……」

未見の映画をめぐって、私の態度はまったく煮えきらないものであった。群馬のSさんは、私の言葉に失望したようだった。

この年、我が家は築二十四年で、水まわりの故障があいつぎ、冷暖房の設備も不具合が目立つようになったので、思いきって取りこわし、新しく建て直す工事に入るところであった。

犬と猫二匹をつれて私は、近所の古い平屋建ての家を借りて住むことになった。大学を卒業し、獣医師の資格で名古屋市の保健所に勤めはじめた三女と夫が、マンションに移り住んだ。

五十五歳にして、はじめての独り暮らしを経験した。解放感と新鮮な気分があった。非常勤講師をひきうけていた短大にも近くて、便利だった。

試写会は、新しい家の地鎮祭の翌日、七月十五日であった。

ヤマハホールには、マスコミ関係の人や、各地の伝習所の人らしき男女の姿もあった。名古屋の今池で、小さいながらも一級の作品を上映する映画愛好者の砦、シネマテークを経営する倉本徹さんの顔も見えた。

この頃、長女は東京で独り住まいをし、アルバイトながら国会図書館の洋書分類の担当をしていた。四女は、埼玉県の朝霞市から八王子市にある美術系の大学に通っていた。次女は名古屋にもどり、いくつかのアルバイトの後、学校の美術講師になり、家を出ていた。

私はといえば、もう大学の非常勤講師は消耗するから、とやめたのに大学時代の同期生二人のいる私立女子短大の非常勤講師をまたぞろ、ひきうけてしまっていた。小説創作コースという講座で、十八歳や十九歳の娘たちに、小説を教えるというよく考えれば、とても私には荷の重すぎるものであった。伝習所の時にとったノートをひっぱり出したりして、なんとかしのいでいた。

そのほかに、さまざまな民間の財団の委員や行政に関する委員などの端くれに名を連ねていた。それぞれに、会議があり、不器用な私はその一つ一つに、疲れた。総合同人誌『象』の同人でもあった。忙しいということは、自分の抱える問題を、目先から遠ざけ、一時的に忘れさせる。

ほんとうは、一つ一つの問題を、真剣に考えなければならないことを、家族間にも、自分自身にも抱えていたのに、会議、講義、同人誌の編集や締切などを当面、優先することで、逃げていたのだろう。どこまで逃げられたのか。

『全身小説家』の試写会で、上映中、観客席からたびたび笑い声がおこった。たしかに、同じ監督のドキュメンタリー映画『ゆきゆきて、神軍』でも、たくまぬブラックユーモアに笑いがおこっていた。そういったものを抽きだしてくる手腕がある監督なのだろう。奥崎謙三という、執拗に天皇の戦争責任を追及する独特のキャラクターを主人公にすえ、彼と警察官との本来の立場が逆転する日常生活のありようを写し出している。人間臭くて、思わず笑ってしまうものがあった。

『全身小説家』でも、笑いが思わずこぼれてしまう場面がある。それは、複雑な笑いではあったが。

考えていた〝井上光晴という作家の、文学の心髄や文学運動に迫る〟映画か、という思惑は、真っ向からはずれた。

一人の作家の虚構を、一つ一つはがしてゆく映画になっていた。伝習所の姿も、映像に切りとられたものは、かなり真実とはかけはなれた印象を与えている。

カメラの追求力は、すごい。たとえば、検証してゆくたび、井上さんの年譜に記されていたこと、井上さんからたえず聞かされていたエピソードのいくつかが、まったく事実とちがうことを、あばいてゆく。唖然《あ》とする。

しかし、なぜ井上さんが、そうした虚構をさも真実のように記したり、話したりしなければならなかったのか。そのことと、井上文学はどうかかわっているのか、そこまで描いてほしかった。『他国の死』の朝鮮戦争と米軍と日本人との関わりも、もっと深めてとらえなおすことも可能だったのではなかろうか。

カメラは、各地の文学伝習所の講義風景や、二次会での井上さんのストリップや、伝習生へのインタヴューを、くどいほどに追ってゆく。私もその中の一人として写し出されていた。

下世話な私的アラ探し？

東大病院へ入院する井上さんの、病室での看護婦さんとのやりとりのあと。汗で化粧もはがれ落ち、はれぼったいまぶたの〝伝習生〟である私が、よれよれのTシャツの肩口がよじれた姿で登場し、前後を省略された言葉を発している。

――一九七八年の春から秋にかけて自分でも、ハシカにかかったみたいに本当に井上さんに恋してたと思うんです。全身で。井上さんの本を全部読もうと思って、勁草書房の全部、全作品集ですか、あれを注文してきたんです。

そしたら、出版社から一箱ドーンと送ってきたんですね。

ちょっと豚のような顔とくぐもった私の声。そこへ、埴谷さんの顔のアップ。声がひびく。

――井上はね、文学者というのは一つの特権階級なんですよ。井上光晴作品集を送るんですよ。これがガタンとくる。

その次に私のセリフ。

――著者の希望によりお送り致します。ていうんで、戴いて。十四冊ですか。それで私は大感激してしまって。

女を口説く常套手段だ、という埴谷さんのセリフが効いてくる。私はその術中にはまった愚かしい女としてスクリーンに顔をさらしている。

瀬戸内寂聴さんが見舞いにあらわれ、般若心経の写経を渡すシーンなど。次に夫人につき添われた井上さんが、搬送車で運ばれてくる。手術室に入る前、夫人や娘さんたちに向かって、Vサインをして笑顔を見せる井上さんのクローズアップ。癌に冒された肝臓の一部が摘出される場面。〝1990年7月25日　手術〟とスーパーが入る。レーザーメスが青緑の火花を散らす。〝手術は8時間以上に及び　肝臓を850グラム摘出〟という文字。膿盆に、切りとられた病んだ肝臓。大きな血肉の塊。これほど自分をさらけだして見せる井上さんの真意は何であったろう。

埴谷雄高さんが、術後の見舞いに現れる。夫人に向かって「ビールは無いの？」などという井上さん。例によってサービスにやっきになる彼に、埴谷さんが説教する。「君ね、病人がね、見舞客をサービスする必要はないの、あなた。伝習所じゃないんだからここは。僕は伝習所の生徒ではありません。君は生徒にまでサービスをしてるんだから。凄いですよあのエネルギーは。昔だからあれでいいんですよ、サービスしても。これからはダメですよ、あなた」

しきりに説く埴谷さんに、さらに立ってエレベーターまで送るという井上さん。また叱られる。埴谷さんが去り、ため息をつきベッドに横臥する井上さん。次に私の顔の大写し。

――一人の男としての井上光晴っていう人に、私は惹かれたと思います。ある時期、錯覚した時期もありました。大変殺し文句がお上手ですよね。アンタのすごく若かった頃の写真を俺にくれ、なんておっしゃったりする。アルバムの中から、できるだけ可愛く写っているセーラー服の写真だとかを持って、今度井上さんに会うときにはこれを見せようと思って、持って行くんですけど、お会いするとそんなこと自分が言ったこと、全部忘れていらっしゃるんですね。

セーラー服云々のところで、観客から笑い声が湧く。冷笑だろう、愚かな女だという。まだ、スクリーンの中で、私は語りつづけている。いたたまれぬ思い。しかし、語っているのは、他ならぬ私なのだから、晒し者の苦痛には耐えようと思った。

——後から考えると、他の女の方にも、たくさんたくさん、井上さんそういう事をおっしゃっていたんだろうなって。俺との事を書くなよ、とか手紙は出せないからねって。もうそれは証拠が残るからって感じ。なにか男として、勝手だなという思いがあったものです。俺は自由だっておっしゃるんだけども、本当は奥様がいなかったら何も、何もおできにならないというと言い過ぎですけども、奥様があってこそ、いろんな自由な事ができたんじゃないのかな、て気がします。

最後のほうの言葉は、ああそうだ、と自分でもうなずきながら、自分の不明瞭なもったりした口調に、同意していた。退院して、自宅で郁子夫人の手打ちのうどんを「うまいっ」と音をたてて啜る井上さんと、いい笑顔の夫人の姿が写される。私の言葉は効果抜群だ。

幾度も、何人もの伝習生の女性が、井上さんへの思いを熱っぽく語っている。ああ、群馬のSさんが電話をかけてきたのはこの故だな、と思う。

井上さんのお得意の初恋のエピソード。朝鮮人の美少女崔鶴代のイメージ映像。井上さんの説明が入る。

チマ・チョゴリで着飾り、化粧した女たちの群れが、銅鑼を打ち鳴らし、踊りながら練り歩くシーン。井上さんの話にいつも出てくる「清津亭」という女郎屋の女たち。チョウセンピーというんだ、と聞かされた記憶が、私の中で甦る。

私たち佐世保文学伝習所二期生は、このエピソードをもとに、師弟合作のような即興で厭戦歌「いとしのスーちゃん」の替え歌まで作って、みんなで歌ったものだ。

〝清津亭の　客になり

受け銭の花　崔鶴代
あゝ青春の　暗き性
……〃

最後のフレーズは忘れてしまった。初恋の彼女が、〃清津亭〃の遊女になっていた。炭坑で働いていた光晴少年は給料のなにがしか（受け銭）を持って、おそるおそるそこへ行く。すると現れた三十女にポケットの金を全部うばわれ、あっというまに童貞も失った。茫然として〃清津亭〃を出る光晴少年の後姿に、女達が二階から嘲り笑いをあびせる。その中に、崔鶴代の姿もあった……。いつも、こう聞かされていた。無残な初恋。

映画においても、このエピソードは劇映画風に、写し出される。しかし、その直後、スクリーンには、佐世保時代の小学校の同級生が現れ、「そのモデルみたいな人もおったらしいですがね、二級上に。クラスで一番でしたね、成績は」といい、地元のピー屋（女郎屋）へ身売りしたという話はありえない、恵まれた家庭の女生徒だったと断言する。女郎たちが銅鑼を打ち鳴らして練り歩くというのも「おそらく、井上の虚構」「そんな光景見たことない」と否定される。

崎戸島で、祖母と妹と三人の貧しい暮らしだったと年譜でも、講義の中でも、耳にたこができるほど聞き、著作でも読んでいたが、映画は、それらをも次々とくつがえしてゆく。

「僕は中国の旅順で生まれました。僕のオヤジはね、伊万里の陶工でした。中国の大和ホテルっていうところの壁を彫刻しに行って、そこで女性と仲よくなって生まれたのが僕です。しかし、うちの親父は凄い放浪癖がありまして、あっちゃこっちゃ、もう本当かウソか知らないけども。しょうがないわけですよ。それで行方不明になって、僕の母親は愛想つかして、他の男と結婚しました」

と映画の中でも、伝習所の受講生の前で語っている。ところが、これも事実はちがっていたようだ。

育ての親ともいうべき〝うちのバアちゃん〟こと祖母の、親戚の女性なる老人ホームの住人が登場する。行方不明だったり放浪中のはずの父親と、崎戸島の炭坑の住宅で、祖母と光晴少年、妹の四人家族が暮らしていたと彼女は証言する。

「佐世保中学を受けたいと思って、父からの書留を待ったけれど、ついに届かなかった。だから、僕は中学に行けなかった」と私たちは聞かされていた。映画の中の同級生によれば、佐世保中学の試験の時、校庭で会った。入試に落ちたと聞いているとか。ここで、映画を観ていた伝習生はあっけにとられ、他の観客からは笑い声が起こる。

——妹　とにかく落ちたんですよね、お婆ちゃんがね、発表の日について行ってましたけど、船の中で自殺するんじゃないかなと思ったって、言ってましたものね。それで目が離せなかったって。一時間四十分ぐらいかかるんですよね、崎戸に着くまでにね。もう気が気じゃなかったって言ってましたからね。（後略）

虚構の中の真実があるのでは？

私は、映画を観ていくうち、自分の幼い頃を思い出していた。父の転勤のたびに転校する。新しい学校で、新しいクラスメートに好奇の目で迎えられると、私はつい前の学校や住んでいた場所のあれこれを、空想をまじえて作り話をした。そのほうが、人を楽しませることを、小学生ながら、いつのまにか、知っていたのだろう。井上さんも、自分の経歴をドラマチックに語るうちに、しだいに虚構のほうが、その悲劇性ゆえに、より真実らしく定着していったのではなかったか。

炭坑の街での少年霊媒師の話も、同級生によって否定された。私は胸が痛くなる。井上光晴さんの父、雪雄の出生の秘密も、井上さんの妹が、有田の役場へ出むき調べることで、明らかになってゆく。

祖母サカ（戸籍名サク）は、伊万里の腕のいい陶工、朝鮮からつれて来られ帰化した子孫の一人と恋をし、私生児として雪雄を産んだということになる。戸籍上、サカと雪雄は姉弟となっている事実も明らかになる。

井上光晴さんには、朝鮮から渡来した優れた陶工の子孫の血が四分の一、混じっていたというわけだ。常套句だが、事実は小説より奇なりである。

『からゆきさん』などの著作者、九州の森崎和江さんが、どこかに書いていたことがある。井上さんがしつっこく「あんた朝鮮人だろう、かくしたってわかる」といいつのったというエピソード。そのことを思い出しながら、私は映画を観つづけた。

父雪雄と母たか子の結びつきも、中国ではなく九州だとわかる。また、妹の口から兄光晴が旅順生まれというのは嘘、といわれる。〝空想の世界〟という言葉は、観ている私の耳にも胸にも、つきささった。あの人は、それほどまでに自分の出生、父のこと祖母のことなどを、知られたくなかったのか。自分の生涯を、自分の手でフィクション化していたのか。

私たち伝習所の人間は、誰いうとなく互いに「妹さんのことに触れるのは、タブー」と口を閉ざすようにしていた。何か、悲劇的なことが存在するので、尋ねたり穿鑿してはいけないのだと、勝手に信じこんでいた。

画面にあっけにとられ、次になにか哄笑に似たものが、腹の底から泡粒になって、はじけあがってきた。私は乾いた笑い声をたてていた。妙にもの哀しく、そしておかしかった。

画面の中で、井上さんはしだいに憔悴し、白髪がめだつようになってゆく。髪は短く刈りこまれ、六十代半ばというのに、七十代以上にも見えかねない。病む人のからだつき、顔つきだ。その進み具合が、スクリーンにはっきりと描き出され、速度が酷《むご》いほど早い。

瀬戸内寂聴さんのクローズアップ。

「長く付き合って、段々わかってきたんだけども、井上さん決してね、誰にも言わない真実、っていうものがあるんだと思うんですよね。それを守るためにウソをつかなければならない。そういう場所があるんじゃないかしら。そういう事を感じましたね。ウソをつかなければ、生きて来られなかった、というね、事を一度言ったことがあります」

映画は一九九二（平成四）年六月の、千日谷会堂での告別式を淡々と写してゆく。

　ミツハル、逝ってしまったか。

「逝く」という表現はかぎりなく俺をいら立たせる。俺が何と言おうと、おぬしは一切聞いていないじゃないか。オン・ザ・ロックの氷のようにおぬしは溶けた。自我の司令部を解体した。おぬしがのこした再現可能なものが集まり、いまあらためてはじめた自己運動の進化のほかにおぬしはもういない。

　雲よ、ミツハルという名の雲よ。おれは地蜂を追いかける老人よろしく、そののろのろと進化する雲にむかって声を放ち、たちまちそのうつろさをさとって、明日《あした》はすごすごと谷卯木《たにうつぎ》の咲く山の麓へと帰っていくだろう。そのために俺は

やってきた。（中略）

ミツハル、生まれたばかりの雲となったミツハル。おぬしののこした文字についてはプロレタリアのプの字もわからぬ連中が何か言うだろう。あれこれの値札をつけるだろう。そんなものとわたりあうことをやめ、俺はただおぬしのことばの最後の一滴をこの世によびもどしたい。

ミツハル、終りのとき何が見えたか。どんな光景につつまれたか。人間という虫がつづる大河小説の末尾の一頁は、主人公兼作者以外のだれも読めないようにできているが、推測するところ頭蓋の統合本部の停止直前に、かつてない活況を呈する記録不能の短い瞬間がある。のびあがり、縮み、よじれ、飛びかい、反転を重ねつつ、それを表現するには知るかぎりの動詞を用いねばならぬ理念のコンピューター・グラフィックとでもいうべき映像を、死にゆく者たちはみんな見るであろう。ただしその映像に意味を説きあかすことばが附いているかどうかは人によりにけりだろうけれど、おぬしがことばなしで終ったなどとここにいる会葬者のひとりだって信じはしまい。当然のことにおぬしの映写幕は特大のスクリーンだったろう。それを見あげながら声をはりあげている天下一品の活動弁士。この『小説井上光晴』をしめくくる棹尾の一節を主人公みずから朗朗と詠む終末演説を聞きたい。だがそれはかつてのおぬしの余韻にひたることではないのだ。

ミツハル、滔滔数万言の文字としゃべくりにもかかわらず、おぬしが最後のことばを保留しつづけた気持をわかっている人間はそれほど多くはいない。二番手の札は惜しげもなく威勢よく切ってみせて、とことん一義的な真実の札はかくす。肉親や恋人や親友には、いっそう深く隠す。それが井上光晴という人間の構造の急所、存在をぎいと開ける際の鍵穴の暗さだからな。おい、ミツハル。生死の谷をわたる窪地の演説で何をしゃべった。ここにいる人間たちのことをどういった。わかっているよ。一人の例外もなく全員にむかって赤い舌をぺろりだろう。だが最後の一頁をわざと白いままにしておいた作家は、ほんとうに作家なのだろうか。おもしろい問題だねえ。(中略)

時はもはや習慣のどぶろくになって香り、おぬしが「あばよ」と言えば、すかさず俺が「さらば」と応えるべき汐どきがきているということだ。では酔い心地のままで言おう。さらば、ミツハル。

(谷川雁「弔辞」、『すばる』一九九二年八月号より)

若き日からの友人、谷川雁さんのはらわたにしみるような別れの言葉。献花する郁子夫人と二人の娘たち。

最後のシーンは、在りし日の作家井上光晴が、机に向かって原稿を書いている後ろ姿。うつむいて、ただひたすら書き続ける姿。背中。そして、映画は終わった。

さまざまな衝撃波が体の内側でぶつかりあい、誰とも会いたくなく、話したくない、と人を避けて会場を後にした。

原一男監督は、井上光晴さんの臓腑も写し、さまざまな虚構をつき崩してみせた。伝習所(私が参加していた頃とは、しだいに変質していったように感じた。が、ともかく)の風景や、かつて伝習所に関わった男女、とくに女性の証言を多くつないで、彼がいかに多くの女性の心をつかんだかを、観客に訴えていたようだった。

何かがちがう、と感じた。ほんとうの井上さんを、このような観点、視点からも表現できようが、何かが届いていない、と思われてならなかった。

私は、東京在住の長女とおちあい、松屋の中の喫茶室でお茶を飲み、母と娘の久しぶりの会話を交わし、名古屋へ帰った。果たせない宿題を心に負った気持ちがした。

撮影の時、帰省していて、スタッフにカレーを作ったり白桃をふるまったりして、手助けしてくれた末娘は、東京の美大に通う大学生になっていた。映画は、すこし後で東京でひとりで見たらしい。

「私が汗だくで協力していた時、ママはあんなつまらんことをしゃべっていたの」と彼女からはきびしい言葉が発せられた。

アンタは本気で女にモテたことあるの？

同じ年の九月九日、名古屋の東部、今池に在る映画館シネマテークで『全身小説家』が上映された。二度目なので、余裕をもって観ることができた故か、最後のシーン、井上さんの後ろ姿が消えてゆくと、涙が勢いよく溢れた。もっと生きていたかったろう、としみじみ思った。私のような才能も無い者が生きていて、何故、井上さんが六十六歳で死なねばならないのか。そんな思いが渦巻いて、私は独りの仮住まいに帰ったあともずっと辛い感情をひきずった。

老犬の域に入った飼い犬のモモが、私と共に仮住まいに移って以来、夜半から明け方まで、意味もなく大声で吠え続けるようになってしまった。昼はただ死んだように眠りこけ、深夜一時、二時になると、闇に向かって、そこに怪しいものが潜んででもいるかのように、力の限り吠え続ける。

夏の寝苦しい夜、しかもこの年は猛暑、渇水でみなが苦しんだ時期である。近所から苦情がきた。直接、口ぎたない言葉でののしられたり、どうしてくれると強い語調の電話がかかったりした。

なだめても、叱っても、はては眠いのをこらえて深夜の散歩に行っても、吠えることは止まなかった。そばに寝袋を置いて、モモを抱きしめてみる。陽なたくさく、埃っぽく、獣くさい老犬を、腕に抱きながら、途方にくれた。獣医に勧められた睡眠剤が、やっと効きだすのは、もう朝になってからだった。

二匹の猫たちは、押入や私の空っぽの布団の上で、寄りそって眠った。家は古いが、塀の中に柿の木があったり、蘇芳《すおう》が大きな豆状の種子をぶらさげて立っている雑然とした庭は、かなり広く、夏草の茂みのあたりが、猫には気分が良いらしかった。

痴呆が進みはじめた老犬の夜鳴きがなければ、芙蓉の紙細工のような白い花が風に揺れていたり、瓢箪《ひょうたん》のレース模様みたいな繊細な花を眺めてすごすひとり住まいは、佳いものであった。

大きな台風が来た。風が古い平屋建ての家を、もみしだくようにもてあそんで荒れ狂い、やがて通り過ぎた。トイレは雨もりし、壁の一部が崩れ落ちた。

秋も冬も、私と犬一匹猫二匹の古屋住まいは続いた。ペットなどという言葉で、ひとくくりできないほど、私のほうが彼等に支えられて生きていたと思う。

四人の、それぞれ別の所に住んでいる娘たちが、それぞれ数日ずつやって来て、泊まっていった。老犬の世話をしたり、私の雑用を手助けしてくれた。夫はこの家が気に入らないのか、ダンボールが天井まで積み上げられた乱雑な状況が嫌なのか、ただの一夜も泊まることはなかった。それどころか、しだいに台所口から声をかけるが、一歩も上がって来ることさえなくなった。

一九九五（平成七）年一月二十九日。

名古屋駅前の、愛知県中小企業センターのホールで、『全身小説家』の上映とともに、原一男監督と、斉藤まことさんと私との鼎談が公開されることになった。斉藤さんは幼児の頃の病気で、ずっと車椅子の生活だが、大学を卒業後、障害者の自立支援の団体にかかわり、その視点から市政を見直すことを公約に、市会議員になった人である。

誠実で信頼できる青年であった。

壇上で、私は笑顔で井上さんの伝習所での情熱的な講義ぶりや、人気者であったエピソードを、原さんの誘導めいた口調に乗せられしゃべっていた。

客席には、日本画を描く次女や、同人雑誌の仲間たちの顔があるのが、わかった。原さんは、ここでも井上文学そのものについては、ほとんど語らず、もっぱら女たらし的要素ばかりを強調した。その流れを、文学の方向へと方向転換させるだけの話術も度胸も、私にはなく、ただ受け身に坐っていた。

「女の人の噂のほかにも、井上ホモ説が、ずっとつきまとっていたんですが、山下さんどう思いますか？」

原監督の言葉に、私は「ああ、井上さんは男も女も、好きだったと思いますよ」と、広い意味にも、狭義にもとれるような曖昧な返事をした。そんなことを詮索することに、どんな意味があるのだろうと、私の胸の中は、白々とした思いがあるばかりだった。

映画に登場した伝習所のある女性が、上映阻止を裁判に訴えたい、貴女も一緒にどうか、といっていたが、彼女への私の答えはいつも「原さんの映像表現の作品なのだから、私は裁判など考えません」というものだった。自分が醜く愚かしい存在として写っていたとしても、強制されて写されたのでもなく、言わされたわけでもないのだから、文脈の前後のカットや言葉のつなぎかたに不服があったとしても、しかたがない、と思ったから。

裁判どころか、疾走プロダクションの小林佐智子さんに、映画上映について資金難で困っているからと、十万円の借入れを頼まれて、私はそれにも応じた。甘い人間だろうか。それほどの遅滞もなく、この十万円は返ってきた。

私の周囲で、映画について、さまざまな反応があった。面白かった、という肯定的な手紙や電話も届いたが、一方で「あんな映画を全国で写されてかまわないのか」と、恥ではないかと叱責し、私の身を案じる意見も聞いた。演劇界の人からも「貴女がとても幼稚にみえる。あれでいいの」と心配顔で尋ねられたりした。テレビ界の人は「あのアングルで撮って、しゃべらせるのは、はじめからある意図を持ってやったとしか思えない」と憤慨していた。

「もう過ぎたこと」「あれは原さんの作品」とお題目のように唱えることで、私は自分のほんとうの感情を凍結・封印してしまった気がする。

キネマ旬報のベストテン第一位になった映画『全身小説家』について、キネマ旬報はもちろんのこと、『映画芸術』（一九九四年秋号）や『話の特集』（一九九四年十月号）の〝記録映画の季節〟などで、たくさんの人が、さまざまに語り、論じあっている。

平凡な、話題にものぼらないような映画に終わらなかったことは、制作者にとっても、臓物まで撮られた井上さんにとっても、良いことだったといえよう。

しかし、私は井上光晴という作家の、文学者としての全体像が描かれていないことや、彼の作品に触れられていないこと、とくに根底を貫く反天皇制、反差別、反権力に関して、なぜもっと鋭い切り口で描かなかったか、不満である。

松本健一氏は『谷川雁　革命伝説――一度きりの夢』（河出書房新社）の中で、こういっている。

――革命家が戦前にあっては絶対的な権力の構造だった天皇制の否定（あるいはもう一つの創出）にむかうのは、自明の理である。この自明の理を、井上光晴論を試みるものは、まず外してはならない。なぜそんなことにこだわっておくのか、というと、原一男のドキュメンタリー映画『全身小説家――もう一つの井上光晴像』（一九九四年）のなかに、天皇制をめぐる言葉が一箇所も出てこなかったからである。

　戦前の絶対天皇制という権力の構造は、むろん一種のフィクションだった。その巨大なフィクションのまえで、井上光晴は作家の道をえらびとった。そうだとすると、この井上光晴における「天皇制の否定」という自明の理を外すと、かれはたんなる〝嘘つきミッチャン〟になってしまう。実際、『全身小説家』というドキュメンタリー映画は、〝嘘つきミッチャン〟の嘘を追いつめてゆく映画になってしまったのである。

　この指摘には、まったく同感である。もっと多面的な作家像を追わねば、全身ではなく半身あるいは部分でしかないのだ。同書で松本氏は、またこうもいう。

――井上光晴にとって天皇制（の否定）というテーマは、第一義的なものであった。それをどのような形象で表現するかは、文学のフィクションそれじたいの問題としてなお残るにしろ、原一男は何らかのかたちで井上光晴における天皇制（の否定）のテーマにふれておくべきだった。そうでなければ、井上光晴はその年譜＝経歴さえも偽造してしまう〝嘘つきミッチャン〟の小説家で終ってしまうのである。

『映画芸術』の〝特集　全身小説家〟の座談会（出席者　脚本家田村孟、映画監督澤井信一郎、ドキュメンタリー映画監督粕三平、同佐藤真一、文芸評論家絓秀実、司会　上野昂志）の中で、文芸評論家氏の意見は悪意にみちたものであった。

癌にかからなかったら映画は成立しなかったとか、井上光晴という作家を全く評価しないとか、そのキャラクターは本質的に下品で魅力がない等。彼の発言は「共産党九州地方委員会のおばさん」とか「文学伝習所には、あの程度の〝不美人《ブス》〟しかいないの？」という自分の品性の無さと、女性蔑視をもろに露呈している。

こんな程度の低い観客には「じゃあ、アンタは本気で女にモテたことあるの？」ときいてみたくなる。

埴谷雄高さんのひょうひょうたる姿や絶妙な間合いの語り口や、瀬戸内さんの存在感は、名脇役として、称讃の声が高かった。

嘘も真実も、まるごといとおしい

いずれにしろ、この映画が知らせてくれた井上さんの真実と虚構を、私はそのまま、受けいれることができた。ある種の哀しみといとおしさをともなって。

自分が傷つくかどうかなどは、小さなことだった。何故、あれほど強烈に天皇制を憎んだか。彼のうたう自称正調アリランが、聴く者の胸をえぐるほど哀切な響きをもっていたか。井上さんの中に流れる四分の一の韓国の血の故か。冥途まで持っていった秘密の故か。

伝習所の夜の宴会で、井上さんは時に、余興として、歌会始めの天皇や皇后の和歌などの、披講の真似をしてみせた。特に、光晴作の皇太子と妃の即席の相聞歌などは、即席ながらエロティックで、多くの伝習生は笑いころげた。

だが、年配の戦前の皇室崇拝の意識がこびりついているらしい者は、顔をこわばらせた。井上さんは、素早くその少数者の凍りついたような拒否反応をキャッチし、焦《いら》だって叫んだ。

「お前たちは、なぜもっと本気で天皇制を憎まんのか！」

戦前戦中まで、勤皇少年であった光晴君は、天皇の前では〝朝鮮人も部落民も、等しく、天皇の赤子として平等である〟と錯覚していたのだ。

その思いこみが、くるりと逆転した時の、天皇制への激しい怒りと憎悪。それは『地の群れ』にも『ガダルカナル戦詩集』にも、太く貫く差別への告発として、文学上で結実している。

それらの作品を、読んでいない者にとっては、皇室の人々を宴会の余興の対象にする井上さんに、異和感、抵抗を感じたかもしれない。

三度目に、ひとりで小さな映画館で、映像としての井上光晴さんの姿を見終えた時、ほんとうに、しみじみともう井上光晴という稀有の作家はこの世に存在せず、理解する人もやがて少なくなってゆくのか、という危惧の念を抱いた。光と影のフィルムの中だけに生き、笑い、おどけ、病み衰えてゆく井上光晴という人の姿が、その嘘も真実もひっくるめて、まるごと名残り惜しく感じられた。

私の娘達四人のうち、三人はこの映画を見ただろう。

夫はこの映画を観たのか、噂ぐらいは耳にしたのか、それさえいまだに、私は知らない。

映画や文学などに、日頃からあまり興味を示さない夫は、観ていないのではないか。私は、それで救われているのだろうか。謎のままである。

七章――鴉のいる風景

十字架を背負った伝習所生

新世紀となった二〇〇一年六月三十日、友人の金子寿子さんと私は、東北新幹線やまびこに乗っていた。

井上光晴さんが逝ってまる九年が経っていた。あの遠い六月八日、梅雨晴れの信濃町千日谷会堂を、思い出していた。長女とともに参列した記憶。四女が浪人中の豊島区南長崎の下宿に、夜は泊まったのだった。

その場にいるのがもっともふさわしいいでたちの瀬戸内寂聴さんが、写真におさまってしまった井上さんに語りかける。

「文学伝習所のいとなみは、まさに菩薩行でした」

「私はあなたの菩提を弔うために出家したような気さえしてきます。けれども、あなたは私の祈りなどには屈しないで、どうか強い猛々しい悪霊となって、いつまでもこの世に魂魄を留め、荒れ狂い、人類の差別を、世界の不条理を、文学の退廃を、指摘し、弾劾し続けて下さい。

この世で書かれざるあなたの文学の最終章を、私達の耳にあの朗々とした声で聞かせ続けてください。永遠にあなたの生命が居続けますことを」

俺の葬式で、絶対に泣くなといった井上さんの言葉を、ぎりぎりに守って、涙を咽喉元にかみころして、語り終えた瀬戸内さん。

郁子夫人と二人のお嬢さんは、黒い衣装を身にまとっていたのに、なぜか私には三輪の白い気品のある花が、そこに咲いているように見えてならなかった。

最後の、葬儀委員長としての埴谷雄高さんの言葉は、九年たった今も、いや九年もたってしまったからなお、胸に痛い。

――井上の死を早めたのは、文学伝習所だ。その中から、一人でも二人でも、ほんとうに世の中に通用する文学者が出てこれなかったら、井上の死は無駄になるではないか。

埴谷さんのこの厳しい叱責を十字架のように背負って、伝習所に関わった者は、生き書きつづけなければならないのだ。

のろしはあがらず！

都会の風景から、車窓はしだいに山野を映すようになる。岩手県二戸郡浄法寺町にある天台寺に向かう二人旅であった。

ちょうど二十年前、金子さんを瀬戸内さんに紹介した。以後、金子さんのほうが、たびたび京都へ水墨画の手ほどきに訪れたり、カウンセラーとしての体験を語ったりして、瀬戸内さんとの親交は深まっている。

瀬戸内さんが、「日本経済新聞」に、連載小説『愛死』を載せるにあたっては、金子さんは自身のエイズ患者とのカウンセリング体験を語ったり、実名を公表して薬害裁判を起こしている患者さんを紹介したり、大きな力を貸している。

若い頃から、故郷の秩父を離れ、ひとり自立して生きてきた彼女。若々しいが、七十代にして大きな手術も経験している。天台寺が永代供養つきの墓を、とても廉価で提供すると知って、彼女は将来の自分の安息の地を、そこに決めた。瀬戸内さんが天台寺の法主であること、夕焼けの美しい眺めのよい場所と聞いたしね、と金子さんは無邪気な笑顔でいった。その同じ墓地に、井上光晴さんの墓もあると聞き、金子さんと私のみちのくへの旅になったのだ。

梅雨のさなかの、厚い雲におおわれた肌寒い日であった。盛岡駅でスーパーはつかりに乗り換え、二戸駅で下車。六時間近い列車の旅のあと、まだタクシーで四十分ほども登ってゆかねばならぬ。

人家がまばらになってゆく。清らかな水に柳の葉がみどり色を溶かし流れている川沿いを、車はひた走った。白い花々が、みどりの樹々の間から、ハンカチのように覗いている。やまぼうしの花だろうか。

天台寺は、桂清水と呼ばれるのがいかにもふさわしい、ほんとうに清浄な山の中にあった。空気がまるでちがった。天界に近いのか、と思った。

天台寺の宿坊に上げてもらう。明日は七月一日、寂聴さんの説法のある日である。

それにあわせて、瀬戸内さんは秘書のNさんと、講演先の函館からつい先刻、寺へ着いたばかりという。

「ああ疲れた」といろりのある部屋で一服したのち、「じゃあ、お墓へ行きましょう」と立ちあがる。寺を預かる女性たちや説教を聴きにくる常連さんたちをひきつれて、金子さんと私を案内してくださった。

杉や桂の木立のまん中を広い段々にしつらえた道が、長くつづいている。瀬戸内さんが法主になってから整備された道にちがいない。夕映えが美しいであろう位置に、墓地は作られていた。残念ながら今日は、ぶあつい雲が空を閉ざしている。

すべて平等に同じ台形のすっきりした墓石が並んでいる。通路をはさんで左右にわかれ、山地の傾斜をそのまま生かし、数段にわたって一勢に西を向いている。

金子さんの墓は、むかって左側。金子寿子の一字をとって寿と刻まれている。ここに眠るというのか。長旅のあとなのに、金子さんは満足そうに穏やかに微笑み、寂聴さんと並んでカメラにおさまっている。しかし、そのほんとうの心の内側までは、覗けない。

講演先の函館から抱いてきた腕一ぱいの大輪の黄色の薔薇を、寂聴さんが私に手渡した。気のきかぬ私は、亡き師に捧げる花も線香も、数珠さえも何ひとつ持っては来なかった。

右側の一番上の列に、井上さんの墓はあった。なめらかな石の肌に、見慣れた筆跡で「のろしはあがらず　のろしはいまだあがらず　井上光晴」と刻まれていた。

線香をたき、ろうそくを灯すと、寂聴さんが「山下さんが来てくれましたよ」と話しかけるようにいった。寂聴尼の唱える般若心経につづいて、居あわせたみんなも、それに和した。

天台寺にある井上光晴さんの墓碑

「さあ、この人を一人にしてあげよう」

瀬戸内さんは、私を墓前に残し、みんなをひきつれて宿坊へとひきあげた。

私は墓の前にうずくまったままだった。まだ約束を果たせそうにない私を、許して下さい。でも、貴方の文学のすばらしさを、必ず次の世代につたえます。『書かれざる一章』は、前衛党の内部矛盾をえぐる画期的作品です。差別が次の差別を生む人間の弱さを描いた『地の群れ』は、芥川賞を逃したことなど、かえって勲章にしてもいい優れた小説として残ることでしょう。『虚構のクレーン』も『心優しき叛逆者たち』も。手術後の死の影のまといつく身で、渾身の力をふりしぼって書いた『紙咲道生少年の記録』も、心ある読者は、決して忘れません。

時には底ぬけに陽気に、優しく、人を勇気づけた井上さん。時には残酷にもなった井上さん。作り話で人を煙にまいた井上さん。トランプ占いの達人、井上さん。誰よりも家族を愛していた井上さん。俺は岸壁派、ドストエフスキーをいつか超えると酒瓶をかかえて海を見つめた井上さん。

胸の中で語りかけると、眼鏡の奥の目を細め、元気に笑っている顔が、ありありと浮かび上がってきた。髪は黒々として、精気にみち、いまにも冗談をとばしそうな若々しさだ。どれほどの時間、私は墓前にたたずんでいたのだろう。夕闇が静かに舞いおりはじめていたが、不思議に私の胸はしだいに晴れやかに、澄んでゆくようだった。

杉の大樹から、鴉が数羽、荒々しく羽音をひびかせ、滑空して地に降り立った。わがもの顔に、あちこち物色するように歩きまわる。

井上さんだったら、この光景からどんなイメージをふくらませ、どんな小説を書くだろう。そう思いながら、やっと私は、墓前から離れ、宿坊に戻るため、山道を登りはじめた。

エピローグ　崎戸島の大煙突

二〇〇二年、五月二十五日土曜日。多摩市のCSK情報センターホールで、「井上光晴没後十年のつどい」が開催された。最後の文学伝習所となった多摩の同人誌『手の家』のメンバーを中心とする実行委員会主催である。

もう十年になるのか、と深いため息のようなものが、心の内に小さく湧きあがる。

こうした会が計画されている、と聞いたのは、福山市の中山茅集子さんからだった。

私は現在、どこの同人誌にも属さず、どこの伝習所の人々とも、緊密な連絡をとりあってはいない。いわば、はぐれ者である。

それでも、『手の家』の十倉桂さん（面識なし）から、計画案と開催賛同人になってほしい旨、文書が届いた。辺境にしか伝習所はつくらない、というのが井上さんの主張であった。東京都下に最後につくったのは何故だろう。多摩市のコンクリート住宅群が建ちならぶ異様に人工的な風景に、日本の近未来を想像し、刺激を感じたのだろうか。

十年も経ているのに、何もできずにいる我が身のなさけなさ、後ろめたさを少しでも解消できるなら、と少々のカンパとともに賛同人となり、当日出席する旨の返事を送った。

井上光晴さんを追悼する講演の講師は佐木隆三さん、小森陽一さん、金時鐘さんが予定されていたという。しかし、金時鐘さんのやむをえぬ事情が生じて、梁石日さんに急遽、出てもらうことになったそうだ。

伝習所（十数カ所）のなかには、いろいろな意見があり、全員一致という訳にはゆかず、十倉さん達も、大変だったにちがいない。参加しないと宣言した伝習所もあったと聞く。

当日、よく晴れた空に、富士山がそびえたつのが、新幹線の車窓より見えた。列車の時間にあわせ、早起きしたその朝、庭とも呼べぬような狭い場所にウケザキオオヤマレンゲの白い大きな花が開いた。富士山が見えたことと、肉厚の芳香を放つ花に逢えたことが、師の没後十年の行事の日を祝っているようで、嬉しかった。

永山駅の近くの会場、ＣＳＫホールに入ると、壇上に井上さんの遺影とスカビオサやカサブランカの大きな花々が飾られていた。横書きのプレートには「井上光晴没後十年のつどい――〝悪霊の時代〟を撃つ」と黒々とした文字が踊っており、目を射る。

座席は七割ぐらい埋まっているだろうか。後方では、井上さんの著書が販売されている。

佐木隆三さんの講演では、さまざまな井上さんとのエピソードが披露された。一九七六年の芥川賞に『岬』の中上健次さん、佐木さんが『復讐するは我にあり』で直木賞となったある夜、新宿の店で二人が飲んでいた時のこと。井上さんが「おいダボハゼ、なんだお前ら、ダボハゼがつるんで。芥川賞だ直木賞だと、もらって喜んで。バカかよお前ら」とからんできたという。いつも御馳走してもらったり、同じ九州出身、労組の仕事をしていた佐木さんなので可愛がってもらってはいたが、中上さんは怒って「オレ許せん、オレ殴る」と言う。止めたが、おさまらない。すると、井上さんは「お前たち、ちょっと待っとけよ」とトイレに行くらしく、店を出ていった。待てども井上さんは、帰っては来なかった。逃げ足の速さは抜群だった云々。おかしくて、一寸哀しい。ほんとうは、井上さんは自分が芥川賞に決まって、それを蹴とばしてみたかったのではないだろうか。

佐木隆三さんの講演の後、「今、井上光晴を読む――『他国の死』をめぐって」対論・小森陽一VS梁石日がはじまる。のっけから、両人ともあまり井上さんの作品を読んでいないけど、という言葉。それは、この行事全体を象徴しているようだった。レッドパージ、治安維持法、そして有事法の話へとどんどん広がってゆく。井上さんはどこへいったのか。

会場にいらっしゃるという井上郁子夫人を捜したが、お会いできずに終わった。「つどい」が終了した。懇親会が同じ建物の階上にあるというので、参加した。実行委員の人々の苦労を思いつつも、なんとなく場所も雰囲気も、井上さんとは、すこし違っているなという異和感が、胸を噛んだ。しかし、自ら時間も割き、率先して動き、実行してこそ、批判する権利があるにちがいない。私には、何一ついう資格はないのだ。

『生き尽くす人』(新潮社)の著者で、多摩市在住の山川暁さんの〝『他国の死』を読みかえす〟という懇切なレポートや、同人誌『手の家』のメンバーの井上作品に関する文章がまとめて冊子になっていたのが、救いであった。

その二年後。

二〇〇四年九月二十六日、日曜日。井上光晴文学碑除幕式が、長崎県西彼杵郡崎戸町で行われた。

台風接近か、という天気予報が気がかりであったが、青い海はあくまで青く、空も気持ちよく澄みきっている。炭坑記念公園の一番見晴らしの良い場所に、この地で採掘されたという青みがかった蛇紋石の碑が、力強い形でそそり建っている。

井上郁子夫人、長女で作家の井上荒野さん、井上さんの妹の岡下多鶴子さん等が井上さん側の出席者である。長身の素敵な雰囲気の男性は荒野さんの夫君であろうか。ちらと姿を見かけた垢抜けた女性は、どうやら荒野さんの友人、作家の江國香織さんらしい。地元の町長や教育長等も、かしこまって、風にはためく天幕の下に座っている。元伝習所の事務局をとりしきっていたK氏の夫人や佐世保在住、唐津在住などの元伝習生の懐かしい顔にも逢うことができた。

碑には、一九四六年七月、つまり敗戦の一年後、二十歳の井上さんが作った詩「のろし」が刻みこまれている。

のろしはあがらず
のろしはいまだ
　あがらず

ああ五月野に
草渇るるまで
のろしはあがらず
のろしはいまだ
　あがらず

井上光晴さんが、多感な少年時代を過ごした崎戸島に、文学碑を建立しようという運動は、四年がかりで、地元や全国に散った大勢の志ある人達の力で、実現した。七百万円余が集まったという。私も蟻一匹ほどの力添えをした縁で、除幕式に参加した。

もう十数年前に、お見かけした姿と変わらぬすっきりと美しい郁子夫人が、気どらぬ口調で挨拶された。

「（前略）……私、ちょっと迷わないではなかったんです。大きな形のあるものを建てるのは、（井上は）反対するのではないかと。

でも、ここで暮らした何年間がなかったら、文学の目標と、代表するものは生み出せなかったと思います。

死んだ後で、何か崎戸町のお力になることができれば、と思いました。〝のろしはあがらず〟の一部は寂聴さんの天台寺の小さいお墓にも刻んであります。東北のお墓と、こちらは文学上の、もう一回生き始めた場所ということで（意義深く）、私共、お礼を申し上げます」

この日の風のように、爽やかな挨拶であった。来てよかった、と思った。荒野さんは光晴さん似の表情を見せる。スタイルの良さは夫人ゆずりだ。

その夕、崎戸町の景色の良い高台に建つホテルで、懇親会が開かれた。町長、町議会の議員といった行政の側の人々が多かったが、私は井上荒野さんが、父親似の面ざしと、いかにも現代女性らしいきりっとしたたたずまいでマイクに向かって語るのを聞けて、出席したことを心から嬉しく感じた。

「……崎戸はまだ、私にとって遥かな場所という感じもするけれど、私の小説の原点かもしれないと思う」という意味の発言は、きっと天空の父親を、喜ばせたにちがいないと思った。作家としてのＤＮＡは、きっちりと荒野さんの中に生きている。なによりのことだ。

「貴女の小説の題は、どれもユニークでいいですね」と私。

「ああ、それだけは編集者にほめられます」と荒野さん。

「Ｃ型肝炎には私のきょうだいがみんなかかってるんです。予防注射の注射器のせいかね、なんていってますが。もう肝臓癌のあともすっかり良くなって、お酒も平気で飲んでます」と郁子夫人。

他愛もない会話のできることを、有り難いと思った。

翌朝、まだホテルの従業員もまばらな早い時間に、私はひとり帰名することにした。出かける前に、お風呂でもう一度、手足をのばしたいと大浴場に行った。

身も心もゆっくりほとびるような思いで、脱衣場に上がると、思いがけず郁子夫人と出会った。「なんだか、眠れなくて」と夫人。「私もなんです」といい、心のうちで「どうぞお元気で」と呟いてお別れした。

往路は名古屋から大村まで飛行機。バスで佐世保に着き、あとタクシーですっかり変わってしまった風景に驚きながら、近代的な橋を走り抜けて崎戸に着いた。

帰りは二十六年前と同じように、桟橋から船で佐世保に戻った。若き日、壮年の日、井上光晴さんがさまざまな思いを抱いて渡ったであろう海路を、私も渡る。

井上さんが望みを託していただろう有力な書き手の、あの人、この人が、昔の伝習生の口から師と同じ癌で早くも異界へと旅立ったと聞き、ああ、と衝撃を受けた。

けれども、井上光晴さんが文学伝習所で伝えようとしたもの、人の不幸を共有しようとする心、差別される者の傷みをわかち持つ心、自由を希求する心。それを核とする文学を希む動きは、根絶やしになってはいない。なぜかそう信じたい気持ちが湧く。暗いけれど、全部、暗いわけではない、と思える気がした。西域の海原を眺め、離れてゆく島を眺めた。風力発電の白いプロペラが三基まわっていた。井上さんの文学碑、そして井上光晴の文学室が出来たことは、やっぱり良かった、と思えた。その気持ちを確認するために、私は名古屋から飛んで来たのかもしれなかった。

閉鎖されてしまった崎戸海底炭坑の昔を知る大煙突が、這い登る蔦で半分苔色におおわれて、すっくと立っていた姿が、目裏に浮かんだ。

蛇紋岩の文学碑も井上さんを記念するが、沢山の坑夫達の汗と哀切な思いが蔦となってからみつくあの大煙突もまた、終生、働く者の傷みを忘れることのなかった文学者井上光晴を記念するもう一つの碑ではないのか、と思った。

やがて、船はぐらりと大きく揺れて佐世保の桟橋に接岸した。

（二〇〇五年三月三十一日）

小説　埋める

鳥が二羽、もつれあったまま、斜めに墜ちてきた。雨に濡れて黒ずんだ地面に、ほとんど羽がつきそうなところで、鳥たちは荒々しい羽音をひびかせ、からくも上昇した。ギィーッと鋭い啼声が、尾をひいてあたりに残った。

女は、鳥たちが墜ちてきた空を、上目づかいに眺めた。重苦しい灰色であった。塀が空と溶けあうようなたたずまいで続いている。ざらざらしたコンクリート塀の上を、かたつむりが、ゆっくり移動している。ねばっこく光る軌跡が、幾筋もついている。頭の部分がかけおち、鈍色になった石の門をくぐる時、いつものように、女はなんとなくあたりを見まわす姿勢になる。塀の内側の広い敷地には、夏草が勢いよくのびている。建ものをこわした跡の、基礎部分が夏草の茂みから、みえかくれしている。そのわずかな白さが、女にいつも墓地を連想させた。ビニールのつっかけサンダルをはいた素足が、ぎしぎしと草を踏みしだいた。雨に濡れた草がちぎれ、ふくらはぎにつく。女が歩くたびに、湿った土のにおいと、草のにおいがただよった。敷地の右端に、ゴミの山ができている。赤茶けた骨をとびださせた洋傘や、粉ミルクの空罐。雑誌。洗剤のひしゃげたから箱。無数の傷跡を刻みつけたまな板までが、斜めに放り出されている。雑多な色あいのものをつめこんだダンボール箱の下から、真っ青な草が吹きだすように伸びてきている。

女は、ゴミの山とは反対側に行くと、手にしてきた小鍋を土の上に置いた。しゃがみこむと、すぐに、瓦のかけらがみつかった。泥をこびりつかせた角のまるいそれは、昨日、女が使ったものかもしれなかった。雑草を抜き、穴を掘ってゆく。昨夜の雨に湿った土は、たいして抗いもせず、女の手の下でくずれた。浅い穴が掘れると、女はその上に、持ってきた鍋をいっきに傾けた。野菜の煮ものと、茶色い煮汁のしみた飯粒と、焼魚の切り身がぶちまけられた。泥にまみれると、たちまちそれらは酔っぱらいの残した吐瀉物のような不潔さを呈した。細長い飯粒は、いまにもまるくふくれあがり、無数の蛆虫になって、むくむくと動きだしそうにみえる。女は、褪せた唇をつきだし気味にして、目の前から食べものをすっかり隠してしまうことだけに、熱中している。この空地のそこここに、女が朝ごとにつくった残飯の墓が、もういくつかできているはずであった。

塀の外を、牛乳屋の車が行く。重い瓶の触れあう音がする。少しずつ空気が動き、あたりがめざめてくる気配が、女の肌を押す。最後の土をかけ、上から念をおすようにもう一度、手でおさえると、女は鍋をつかんで立ちあがった。泥でこわばった指で、首すじにほつれた髪を、かきあげた。

アパートにもどると、鎖の音をさせて、犬が小屋から出てきた。前足をなんども投げだすようにして、半身を低くし、尻尾を振っている。女はいつものように、犬を無視した。二階の部屋へ直接とりつけられた軽量鉄骨の階段を登りながら、女は赤茶けた鉄板のすきまから、下を見た。鍋から煮汁でもしたたったのか、女の通ったあとの地面を、犬がしきりになめている。ピンク色の舌が、独立した生きもののようにひらめくのが見える。

女が、無駄になってしまった前日の夕食を捨てに行くようになってから、もう二週間はすぎた。服のまま眠ってしまい、横皺のよったスカートで起きだし、階段を降りてゆくこともある。まだあけきらぬ朝のアパートは、静かだった。管理人の飼っている赤犬だけが、早朝の女に、関心を寄せつづけていた。

女は鍋のなかみを、犬小屋の前にころがされたアルミの容器に、あけてやることもできた。茶色くひからびた飯粒がこびりつき、あちこちにかみ跡のできた容器に、鍋のものをざんぶりとあけてしまえば、簡単だった。空地までそろそろと足を運ぶことも、手を泥だらけにして穴を掘ることも、いらなかった。けれども、女は一度も、そうしなかった。アパートの裏口に並べられた空色の大きなポリ容器に、野菜屑といっしょに投げ捨ててもよかった。だがそれもせず、女は朝ごとにはれぼったい瞼をして、空地へ通った。手のつけられなかった夕食は、朝ごとに葬られなければならない気が、女にはするのだった。

小さな流し台で、鍋を洗った。使わなかった一人分の茶碗や箸も洗った。その仕事はいつも、あっけないほどすぐに終ってしまう。人の手に握られ、唇に触れ、唾液と食べものがまじりあったものに触れた食器とちがって、汚れてもいない食器は、人の不在を、あらためて女に知らせるだけであった。

水きり籠に茶碗をふせる音が、寝不足の頭にひびき、女は顔をしかめた。排水孔にからまったふやけた茶の葉をつまみあげながら、女は今日で幾日目になるだろう、と思った。はっきりと醒めて、あれから幾日、というふうには数えることができない。

もう長い間、といってもいいような気もし、まだすっかり慣れてしまうほどの期間でもない気もした。

一緒に暮らしていた男が、帰らなくなったのだった。はじめは、月に数日。週に何回か。そして今では、女はずっと一人だった。扉を開けるとすぐ左手に流し台があり、手狭な板の間があった。そこへ、小さなテーブルを置こうといったのは、男だった。女はただ男についてゆき、男が金を払うのを見ていた。腕のつけ根のところですっぽりと切れたワンピースが、少し寒く感じられ、女は自分の掌で両腕をなでるようにして、男のうしろに立っていた。額に小さな瘤のある古道具屋の主人が、店を閉めるところだったから、値引きする、と数枚の硬貨を男の掌に戻すのを、肩ごしに見ていた。熱い食器を載せた跡が、いくつも白い輪になって残っているテーブルを、女は眺めやった。醤油の大瓶に景品としてついてきた花柄のトレイに、ソースさしや醤油さしがのっている。それらの容器の頭に、薄く埃がういたままだ。クリーム色のトレイには、したたったソースが血の色で薄くこびりついている。その赤いしみの中に、ざらめのような粒々が光ってみえる。

男が帰らなくなってから、女はそれまで熱心にしていた細かい仕事を、少しずつ忘れている。醤油さしなどがべとべとするのを、男は嫌っていた。だから、女はテーブルを拭く時、ついでにトレイの上から、一つ一つ瓶を取りあげては、台布巾で汚れをぬぐう習慣になっていた。食卓塩の赤い蓋に、油汚れがついていた時、男が不快そうに眉をしかめて、ティッシュペーパーで手を拭いたことを、思いだしては、台布巾の中で丁寧に、ソースさしを動かした。

今、テーブルの上にぼんやりと視線を投げて、はじめていつのまにかそれらの仕種をしなくなったことに気づく。掃除も投げやりになってきている。毎夜、食器を洗ったあとで、鍋の中で布巾を煮る習慣であった女が、今では水でさえ、ときどきしか洗わなくなってしまった。新聞も読まないで、テーブルや椅子の下に放っておくことが多い。折りこみ広告をはさんだままの新聞が、スカートに触れて床に落ちる音は、いつも女を、一瞬、怯えさせた。

食欲がなかった。一人だけの朝食を作る気には、なれなかった。男からもらった金が、残り少なくなってきている。幾日も買い物に出ないから、冷蔵庫にはマヨネーズのへこんだ袋と、ひからびはじめたちりめんジャコと、佃煮類ぐらいしか入ってはいない。ぼんやりと天井を見上げる。時間はねじふせてもねじふせても、立ちあがってきて、女に空白を意識させた。新聞の間から、色刷りの広告をぬきだすと、畳の上に広げた。姫鏡台の抽出しから爪切りをとりだした。一本一本、時間をかけて爪を切った。乾いた音が、一人だけの部屋にひびく。爪の横にできたささくれも、丁寧に切った。婚礼家具大廉売、の赤い文字の上に、飛び散った半月形の爪を集めてのせた。つるつるの広告紙の上に足を置き、白塗りの三面鏡や、豪華総桐たんすという文字を、かくした。不自然な姿勢にかがみこんで、こわばった足の爪にとりかかりながら、女はふいと、空地のゴミの山を思いうかべた。昨日の朝、また誰かが、新しくゴミを捨てたらしかった。風雨にさらされて、脱色したようながらくたの上に、まだ日常生活のにおいをじゅうぶんにつけたものたちが、放り出されていた。その新しいゴミの中に、茶色の女靴があったのを、思い返している。硬い爪が、敷紙をそれて飛んだのを、指の腹で押えながら、あの靴は二十二センチだろうか、それとも二十三センチだろうか、と考える。足をかえるついでに女は自分の足を、掌でおおってみた。生気のない黄味をおびた足は、冷たかった。ようやくうっすらと明るんできたガラスごしの陽のもとで、足はぶざまに広告紙の上にのっている。ひらたい大きい足。弾力を失った肌に、静脈が浮いている。すわりだこが、紫色になり、上のほうが白っぽく粉をふいたように、かさかさしている。俺の足とあんまりちがわないな。いつか、男が苦笑しながらいった声が、耳もとによみがえった。のどにかかったような、低い男の声。そういわれた時、女は耳の先を赤くして、あわててスカートの下に足をひっこめようとした。いいよ、かくさなくっても。男は女の足をとらえ、姿勢をくずして胸もとにかかえこむと、掌でたしかめるように、太ももをなでた。

小さなおののきが、女の背すじを走った。忘れてしまったはずの感触が、なまなまと生きかえり、女は薄陽の中で、ひらいていた膝頭をきつくあわせた。息をとめて、身をすくめた。今、息をしたら、おもいもかけぬような言葉が、口をついてあとからあとからとびだしてしまいそうだった。生臭い息が、部屋いっぱいにあふれ出てしまう。目をつむった。からだの中を、太い縄編みになったものがうねり、ふくれあがり、内側から女をばらばらにしようとした。掌の中に、爪切りをきつく握りしめながら、自分をつかんで揺さぶっているあらあらしいものが、萎えてゆくのを待った。

夢を見ていた。夢と知りながら、女はしいて醒めようとはせず、じっとうずくまっていた。女は縛られているようだった。それでも、どうしても逃れられないというほどには、いましめはきつくなかった。女が決心し、腕に力をこめれば、いつでも解けそうな感じであった。薄暗かった。いやなにおいの風が、女の鼻先をかすめた。眼がなれると、男がみえてきた。それが癖の、片方の肩をそびやかすような姿勢で、立っていた。仕方ないだろう。ききなれた男の声がした。女の前に、声がぽんと落ちてきたような感じだった。女は男の声を耳にすると、ざらりと舌でなめあげられたようなおののきを感じた。男の許に駆け寄りたかった。女は縄を解こうとした。少し力をこめれば、ずるずると足もとに落ちそうに思われた縄が、いつのまにか、身にきつくくいこんでいる。

男は裸身であった。男のからだの向こう側に、若い女がいた。女の顔形ははっきり見えないのに、まちがいなくその若さだけは、見ている女に伝わってきた。男の両手が、女の裸身をなでている。その静かな愛撫のしぐさが、長く続いた。若い女は、立木のようにじっと、ただそこにいた。けれども力強いものが、若いからだから放射され、男を誘い、男が喜びをもって女の内深く入っていくのが、縛られてうずくまっている女に、はっきりと感じられた。男の背中がまるくかがむのを、女は見た。男の耳のうしろを、汗がゆっくりとすべりおちるのを、見た。立ったままの男の足に、若い足がからまっているのを、見た。ふくらはぎが、かたくひきしまるのを、見た。縄を切りたいと思った。女の胸の、固くくいこんでいたはずの縄が、いつのまにか、臭いぬるぬるする環状動物になっている。その薄桃色のぬめる肌から逃れようと、声をあげて、女は醒めた。

カーテンもないむきだしの窓に目をやる。鈍色の空が見える。からだの中に、どろをぎっしりとつめこまれたように、重く不快な気分がある。雨が降っているようだ。窓の桟の上を、小さな灰色の虫が這ってゆく。一度、動きを止め、やがてまた同じ早さで前進しだした。

まだ縛られてでもいるように、女は身動きをせず、畳の上にいた。腕にも、足にも、畳の目がいやらしい皮膚病のようにくいこんでいるだろう。女は天井をむいたまま、そっと腕をなでた。思ったとおり、掌はざらざらとした感触があった。背中も腰も、固くつっぱり、痛かった。泥人形。女はふいと自分をそう思った。誰かがからだのどこかを持上げたら、ぽろりともげてしまう。首か。胴か。それとも足のつけ根からか。

時間の観念がぬけおちていて、今が何日の何時頃なのかわからない。後ろ手をついてからだを起こすと、肘になにかがついてきた。紙幣であった。皺ばんだ紙幣を手にすると、記憶のねじがいっきにゆるんだ。あれこそが夢であってよかったのに。女は両の掌の中に、紙幣をまるめた。だが、捨てることはできなかった。

昨夜、女が新聞の求人欄を、端から目でなぞっていると、ノックもなしにドアが開いた。顔も首もひとつづきに日に焼けた男が立っている。はじめてみる顔であった。男は宴会帰りの酔漢のように、小さな折箱を手にしていた。――さんでしょう。奴から聞いたよ。日やけした男は、正確に女の名をいった。ちょっとあがらせてもらっていいだろ。女が押しとどめようと腰をあげかけた時、もう男は狭い三和土に靴を脱ぎ、女のそばにきていた。部屋をみまわすと、男はふんふんとうなずくようにして、畳にひろげたままの新聞を、大きくたたんで坐りこんだ。靴下のむれたにおいが、女に届いた。窓際に追いこまれたかっこうになって、女は怯え、中腰になった。何か御用ですか。ああ、Tに頼まれてね。こともなげに男はいい、へえ、こんなところにねえ、あいつも変った奴だよ。待ちつづけている人の名を聞いて、女は帰って下さいといいかけた言葉を、ひっこめなければならなかった。女は坐りなおすと、ざらざらした膝小僧のなかほどまでのスカートをひっぱりながら、いった。何を頼まれたのですか。いやあ、ひとり暮しなら、こんな部屋も悪くはないよね。あの、あの人なんていってるんですか。仕事はうまくいってるんですか。うん、まああってとこだなあ。男はくたびれた背広を脱ぐと、置場所を目で捜した。女は、それを受けとってハンガーに掛けようとした。ハンガーの上に、薄く埃が浮いている。こすった指の腹が薄黒くそまるのを見たが、そのまま女はゆっくりと男の服を掛けた。

男の横をすりぬけると、流しの前に立つ。早く男の消息がききたい。ポットの湯はいつ入れたものか、底の方にさめかけたのが少量しかなかったが、そのまま急須に注いだ。丸盆にのせたまま、茶を畳に置き、男からせいいっぱい体を引くと、女は敷居の上に坐るはめになった。あいつもね、気にはしてるんだよ。いつもあんたのこと口にするからねえ、うん。男はずるずる音をたてて、茶をすすった。奴は今、仕事で大阪へ行ってるけどね、あんたのこと見てきてくれってね……うん。男は茶を飲み終ると、下げてきた折詰を女の前につきだした。これ、ちょっとつまないかね。女が受けとりかねて口ごもっていると、男は指先まで褪色にやけた手で、器用に紐を解き、包み紙をはがした。折箱の上蓋に、薄っぺらい赤身の刺身がひっついて、泥のようにこびりついたわさびの緑色をみせている。小さな魚の形をしたポリエチレンの醤油入れから、折の中の一つに醤油をふりかけると、男は手づかみで、鮨を口に放りこんだ。女が中腰で小皿をさしだすと、男は三つ目を口の中でかみながら、女の腕を強く引いた。

生臭い口を、女は夢中でよけた。腕をつっぱると、男ののど仏のとびでた首にぶつかって、気味悪く、女はいっそう暴れた。あいつも承知しているんだ。そんなに暴れることはないさ。あいつは大阪でうまくやってるよ。いっぺんぐらい、いいだろう。生臭い息が、我慢できなかった。押しつけられた背中に、敷居があたって、痛かった。紙幣を女のからだの下にねじこむと、つんのめるようなあわてかたで、男が帰っていったその後姿を、目の中から押しのけるようにして、女は立ちあがった。頭の地肌に爪をたてて掻くと、むずがゆさがいっそう、ひどくなるような気がした。

タクシーが客待ちしている前を横切って、女は映画館に入った。ビニールレザーがひとところ裂けていて、黄色いものがはみでている扉を押すと、よどんだ空気がにおった。闇に目がなれると、女は通路に近い席に坐りこんだ。客席はまばらにしか、埋っていない。題名も見ないで入りこんだ映画館の薄暗がりは、よそよそしく、女は椅子の先のほうにそっと坐るかっこうになった。肩先と足に重くつもった疲労だけが、確かなものに思われる。

機関銃を持った男が一人で駆けまわり、やくざらしい男達が、つぎつぎに倒れていく。フランス人か、イタリア人か。女は隔たった気持で、画面を眺めた。すぐに視線がスクリーンをそれ、右横の壁に浮きでている禁煙という赤い文字と、ぼんやりと光る時計の針に目がいった。いったい、何時間、街中を歩きまわったのか。

いつものように、手のつけられなかった一人分の夕食を空地へ埋めにいってから、ずいぶん長い間、放心していた。それから、女は思いきったように立ちあがった。男が置いていった紙幣を、汚いものをつまむように、指の先でスカートのポケットに放りこむと、外へ出た。

靴をはくのは久しぶりだった。たばこ屋で黄色い包みのガムを一つ買った。店番の老人の手に、あっさりと紙幣がつままれ、小さな窓口の向う側へ消えて、小銭まじりの釣銭になって女の掌にかえると、奇妙な解放感がきた。白く粉をふいた板ガムを、手でポキポキと折ってから一つ一つ口へもっていった。歩きながら口を動かすなどということも、ずいぶん久しぶりのことであった。

地面にこすれそうなほど腹のふくらんだ猫が、女の前をゆっくりと横ぎってゆく。はじめて歩く裏道であった。腐敗臭がたちのぼってくる小さな川を渡った。板塀にそって、洗った割箸が、ずらりと並べて干してあるのを、横目に眺めながら歩いた。

あのおかしな貼紙があったのは、どこの横丁だったろうか、と女は機関銃とピストルの発射音をききながら思い返した。《コノ植木ニハ猛毒性ノアル農薬ガカケテアル。サワルナ。サワッタダケデ人体ニ害ガアル。死ニタクナイ者ハ、サワルナ》黄ばんでしまった半紙に、下手くそな文字が書きつけてあった。貼紙の下には、四つばかりの鉢が並んでいる。いいあわせたように貧弱な鉢ばかりであった。発育の悪いアロエ。のび放題にはみでた折鶴蘭。平凡な西洋あじさいの鉢。それらの鉢のまわりを、荷づくり用の紐が、幾重にもはりめぐらせてある。立ちどまって貼紙をよみ返すと、植木の持主の奇妙な気分が、吹きこまれるような気がした。猛毒性ノアル農薬。死ニタクナイ者ハ、サワルナ。黄ばんだ紙きれの一つ一つの文字や、鉢をしっかりとつなぎあわせた麻紐が、持主の真剣で滑稽な猜疑心を語っているように思われた。

裏通りを抜け、広い道に出ると、靴屋が数軒続いていた。赤い文字がはみだすほどに書きなぐられた黄色いビラが、いくつもたれさがっているのも、店頭に子供の運動靴が山積みされているのも、まったく同じで、違っているところは、店の名前だけにみえる。女の意識は、またゴミの堆積の中に捨てられた女靴にもどった。あの靴は、まだあそこで陽にさらされているだろうか。それとも、新しく捨てられたゴミの中に、埋もれてしまっただろうか。

にぎやかな酒場のシーンが続いている。体格のいい男や女が、さかんに食べ、グラスを乾している。のどの乾きが、急に意識にのぼった。画面の中の、女の手につままれた脚の長いグラスの酒も、カウンターにのった太短いグラスのなかみも、すばらしくうまいもののようにみえてくる。口にふくんだ時の芳香と、のどに灯がともったような滋味さえも想像できるような気がする。空腹でもあった。スーパーマーケットの屋上で、回転木馬がゆるゆるとまわっているのを見ながら、ベンチに坐って、女は舟型の経木に盛られた焼そばを食べ、紙コップの内側まで染まりそうな色のオレンジジュースを飲んだだけであった。それを思いだすと、奥歯のどこかに、紅しょうがが、ひっかかっているような気がしてきた。

　女から三つばかり空席を隔てて坐っていた男が、なにやら呟きながら、女のすぐ隣の席に移ってきた。熱心に画面に見入るようなそぶりをしながら、からだを女の方へのりだし、左腕を椅子の境からかなりはみだしてのせた。女はその腕を避けるために、通路側へ身をよじった。画面がまた遠のき、意識がかき乱されるような気がした。

　足を組みかえながら、男は腕を女におしつけてきた。女はますますからだを斜めにして、男の腕を避けなければならなかった。空席はいくつでもあった。思いきって立ちあがりさえすればよかった。だが、女はそうせず、からだを不自然によじったまま、前方を見続けた。映画にひきこまれている訳でもないのに、じっと画面をみつめた。にわかに息苦しく、からだの芯が重くしびれてくるようだった。


　いきなり肘をつかまれた。映画館を出て、二十メートルも歩いていない。ふりむかなくても、肘をつかんだ男が誰だかわかる気がして、女はそのまま行きすぎようとした。

いいだろう、ちょっとだけつきあえよ。映画館の中で、からだを押しつけてきた男であった。肘をつかんだまま、男が中華料理屋の軒先のあかりの中で、女の顔をのぞきこんだ。男は、女よりずっと背が低かった。

つきあうだろ。俺ちゃんとわかってんだ。あんたはいやっていわないさ。鮨折をぶらさげて部屋へやってきた男の、生臭かった口を思いだした。のど仏のとびだした首すじを押しあげてしまった時の、ぶよっとした感触がよみがえった。女は強くかぶりを振った。それでも、男はかまわずに女を引っぱっていった。男の腕は、異様に熱かった。

目をつむって歩いているような感じで、男に腕をとられたまま、女は進んでいった。目の前をよぎる店屋の軒燈や人影が、まるで現実のものではないような気がする。手を触れようとすれば、どれもとろんと、闇の中に溶けてなくなってしまうもののように見える。男の荒い息づかいも、熱い体温を伝えてくる腕も、違和感はあったが、女の中で、強い声をあげて抗うほどの決定的な嫌悪感までには、なぜか高まらなかった。まだ……と女は思った。もう少しあとでもいい。

裏道を幾度も曲った。道を曲るたびに、光がうすれ、夜のにおいが濃くなってゆく。男が、足をとめた。思いもかけず、小さな遊園地が、目の前にあった。貧弱な植込をまたぐと、もうそこが砂場であった。固まりかけた砂に、柄の折れたプラスチックのシャベルがつきささっている。まん中に白く光っているのは、石でできた富士山らしい。人造富士の片側は、足場になるように、両の掌で持てるほどの石が、頂上まで埋めこまれており、反対側は、すべり台のようにつるつるの急斜面である。その富士山の頂上に、小さなソックスが片方、ひっかかっている。

遊園地の隅にたてられた蛍光灯が、半分消えかかり、オレンジ色に明滅しては、ジジーッと虫の鳴くような音をたてている。先に掛けた男に、ひっぱりこまれるようにして、ベンチに掛けると、女は急におかしさがこみあげてくるのを感じた。小さな笑いの泡粒が、胸の底から頭をふりたててかけあがってくる。足もとに散らばる紙屑も、向こう側のブランコもシーソーも、すべてが女の笑いの発作に素知らぬ顔をしていたが、女の笑いは萎えなかった。

金があまり無いんだ。いいだろ、どこでも。蛍光灯のあかりの下で見ると、映画館の闇の中でのものなれたしぐさが消えて、まだおとなになりきっていないような、若者の顔であった。唇の横に赤い吹出ものがある。女は抗わずにいた。抗う力が失せている。ただ、ひっきりなしに湧きおこる笑いの噴出に、のどをひくひくさせた。

ベンチの固い板が、アパートでのことを思い出させた。あの時も、敷居が背に痛かった、と女は思った。サイダーの泡のような笑いの泡粒が、のどをくすぐる。何がおかしいのかわからないまま、とうとう女は、声をあげて笑った。男がぴくりと動きをやめた。やっぱりまずいな、ここじゃ。もそもそと姿勢を変える男に関りなく、女はまた笑った。笑い声が夜気にぶつかり、ぱらぱらと破片になって落ちてくるような気がする。

あっちへ行こう。男がまた、女の腕をひっぱった。

むっとするアンモニア臭が、二人を迎えた。遊園地の隅にあるコンクリート造りの公衆便所であった。

あんた、あんまり若くないんだな。男のくぐもった声が、耳もとでする。壁に背を押しつけられたまま、女はまだ笑いの粒々が、消えてゆかない、と思った。笑いがおさまったあと、自分はどんな顔をするのだろう、とふと思った。

手洗い場の水道が壊れているらしく、水の音がしつづけた。女の口のあたりに、男の汗臭い頭があった。あの朝方の夢が、ちらりと女の胸をかすめた。帰ってこない男も、夢の中で、こうして立ったままで、見知らぬ若い女を抱いていた、と思った。その瞬間、熱い火柱が、背すじを走った。男の乱れた髪を、両の手で思わずつかんで、のけぞった。

空地は、もう夏のさかりであった。しばらくぶりでみる空地は、昼の光の中で、ふてくされているように、以前とは変って思われた。人の起きだす前に、男の食べなかった夕食を埋める儀式めいた以前の習慣を、女はしだいに失ってきている。帰らないだろう男と、自分のための夕食を作ることが、しだいに苦痛になってきた。早くつかってしまいたい金が手もとにあることもてつだって、部屋に鍵もかけぬまま外へ出かけ、さびれたような店を捜しては食事をする回数が増えてきている。

もう雑草は手でかきわけなければ、前へ進めないほどに、勢いをましている。白い土台石も、ごくそばまで近づかなければ、見えなくなっている。

女は草いきれの中に立って、舌の先で上の歯を押した。歯の根元が少しもちあがり、酸っぱい血の味が、舌に流れこんでくる。普段着に布袋一つ持ったままで歩いていた時、声をかけてきた男に、ついていったのは、幾日前だろう。あの日から、この歯はぐらぐらになってしまった。

まだ陽が沈みきっていない時間であった。女はたいして抗いもせず、見知らぬ男について、旅館の小さな植込のある玄関へ入っていった。何故、自分のことが、男達にはわかってしまうのだろうか、と女は、男のあとに従って、暗い廊下をゆきながら、思った。何かにおいのようなものが、自分のからだから、流れでるのだろうか。顔や背中に同じような種類の人間にだけ読める符牒がついているというのだろうか。そう考えると、女は自分のうしろ姿を眺めてみたい気がした。

その日の男は、ひどく乱暴に女を扱った。いきなり、女は頬を打たれた。打たれた頬に手をやる暇もなく、次の一撃が飛んできた。布団の上に倒れると、髪の毛をつかんで、ひき起された。男の力の前に、女はからだ中が、重くしびれるような恐怖を感じた。今度は腕がもげるほど、ねじりあげられた。男の足が女の首を踏みつけている。殺されるのか。何のために？　名も知らぬ男に殺されるのか。髪の毛を男の手の中にひきしぼられて、眉も目もつりあがったまま、女は目に入るものを一つ一つ数えあげた。アイロンの跡が光っている枕カバーが見える。枕が見える。灰皿が見える。薄紫の水差しと、コップが見える。畳の目も見える。まだ、私は生きている。恐怖と苦痛が頂点に達して声を放ち、目をつむった時、男の力がゆるんだ。

さんざんに女のからだを痛めつけたあとの男は、優しかった。男の右手の人さし指が、第一関節のところから失くなってまるっこくなっている。短い人さし指と、親指を使って、男はうまそうにタバコをのんだ。もう長いのか。男の投げてよこした言葉の意味がわからなくて、女ははじめて見るような目で、男を見上げた。

脇腹が、シーツの濡れたところに触れた。ぞくっとして、女はからだをずらせた。どこもかしも、痛かった。が、それは、どこかにほてったような妖しいうずきをかくした痛みのようであった。男が、水差しの水を、コップについで女の手にもたせてくれた。ふいに、わけのわからぬおかしさがこみあげてきて、女は水を一口飲みこんで、はげしくむせた。意味を悟った。からだのどこかが、さっと青ざめるような気がした。それなのに女の顔からは、笑いがまだ消えずに残っていた。

女は、いままでで、一番多くの紙幣を握らされて、街へ放たれた。女は、スーパーマーケットへ入っていった。ビニール袋入りのそら豆と、鶏肉を買った。花らっきょうの小さな瓶詰も買った。生鮮品売場の角あたりから、濃い肉汁のにおいが漂ってきた。豚肉のかたまりを大鍋で煮て、実演即売をしているらしかった。頬のあたりがたるんだ女が、つくり声をはりあげて、客を立ちとどまらせようとしている。もう一人の割烹着の女は、額に汗をにじませながら、長い箸をあやつって、豚肉を褪色の汁の中から、ひっぱりあげている。奥さん、ちょっと召し上ってみて下さい。おいしいですよ。スタミナ満点。旦那様のビールのつまみに、ね。賽の目に切った豚肉を、爪楊子にさして、前を行く人にさしだしている。誰かれかまわず、無理やり手にもたせているいると見えた女が、ふいと視線をそらせて、女をやりすごした。女は、自分の顔のどこかに、旅館の一室で過ごした男との生臭い時間の残像がしるされてでもいるのか、と気になった。女はわざと宣伝員の前に足をとめた。頬のたるんだ女は、目の前の女を無視して、歩いていく客に手をさしだした。奥さん、どうです。おいしいですよ。食べてみて下さい。女は大鍋の中に浮き沈みしている肉塊をみつめた。それ、一つちょうだい。女は自分の声にぎょっとなった。太い濁った声。前からこんな声だったろうか。

スーパーマーケットを出ると、ようやくという感じで、薄闇があたりに漂っていた。急ぎ足でゆく人に、幾度もうしろから肩を押されて、交差点を渡っていた。その時、反対側の信号が変るのを待つ人の中に、見慣れた男の横顔を見たと思った。女の渡る歩道の青が、点滅しはじめた。誰かに背中を打たれでもしたように、買物の包みがごろごろする布袋を手で押さえて女は足を速めた。あの人にちがいない。

今度は、女が先を行く人々をかきわけ、つきあたっては、小走りに駆けた。反対側の信号が青に変って、ひとかたまりの人波が、向こう側へ流れ出している。大阪にいるといった日やけした男の言葉が、浮かんですぐに、消えた。男の名を呼ぼうとし、それから女は立ちどまった。

男の後姿のすぐ横に、ショートカットの女が歩いてゆく。男より半歩ほどおくれてはいるが、男とつれだっているように、女の目には映った。向う岸へと流れてゆく人波を目で追いながら、女は棒立ちになっていた。ふいに、口の中に唾がたまった。足もとに吐きだすと、薄闇の中に、赤いものがみえた。酸い血の味がした。あの見知らぬ男に、頬を打たれた時に、歯の根がゆるんだらしかった。

男を囲んだ人波の一部がくずれ、向う側の歩道に散り、男と若い女の姿が、地下鉄の昇降口に消えるのが見えた。

白い綿毛のような花をつけた丈高い草をちぎりながら、女は舌の先で、ぐらぐらする歯を押したり、にじみでてくる血を吸いとったりしつづけた。乾ききって変色しているゴミの山に近づき、その一部に手を触れてみる。幾度も雨に打たれ、また乾き、といった行程を経たガラクタたちは、すっかり材質感を失くしてしまっている。洗剤の大きい空箱が、振り出し口の部分を大きくそらせて、おもちゃの象のようだ。赤錆をかさぶたのようにつけたパイプ椅子に触れる。昆布のようにこわばった布きれを、つまんで捨てる。角がめくれあがってかさばった雑誌を捨てる。ミルクの空罐が足の上におち、なまあたたかい水が女の足の甲を濡らした。

捜しだした片一方だけの女靴は、焼かれたするめのようにからだをまるめ、乾けるだけ乾いていた。手にとると、日だまりの獣のようなにおいがした。共革のリボンはそりかえって、ちぎれそうになっている、外側は乾いているのに、つま先の内側には、黄色と青の反転が浮きでて、ビロードのような胞子が密生している。片方の靴をぶらさげて、女は空地を見まわした。夏草をひきぬかなければ、どこにも土がみえない。しっかりと根をはった草を、足をふんばって抜いた。白い花が綿毛のように舞い散り、女の鼻をくすぐった。やっと少しばかりの空間を作ると、女の掌は草の汁で、黄色く染まっていた。口の中に酸っぱくたまる血のまじった唾液を吐きだしては、土を掘った。誰のものとも知れぬ捨てられた女靴を埋めるために、石くれで土をかきだした。上のほうの地熱を吸いこんだ土が、掘り進むにつれて、しだいに温度を変えてゆく。赤っぽい小さな虫が、あわてて土の中を逃げまどう。爪の中にくいいる土を感じながら、女は夕暮れに見た男の後姿と、その横により添うように歩いていた若い女の衿足を思い出していた。あれは、偶然に横に並んだだけのことであったかもしれぬ。だいいち、男の後姿さえも、確かに彼であったといいきるほどの自信はない。となると、男の姿も、見たと思ったショートカットの女の衿首も、薄闇のなかにぼうぼうといり混じって溶けてしまいそうだ。

女はまた、唾を吐いた。白い泡の上に、薄赤いものがのっている。急に、女はぬけもせず、薄赤い血だけをにじませるゆるんだ歯に、いらだちを感じた。舌の先で乱暴に歯の根を押すだけでは気がすまず、シィーと音をたてて息を吸いこむと、泥にまみれた指で、歯をつまんでゆすぶった。自分の首がついて前へ出るほどに、ぐいとひっぱってみた。新しく血がにじみ出るのがわかった。ぎりぎりと歯を抜いて、ひからびた靴と一緒に、埋めることができたら、と女は思った。だが、口の中に血があふれるだけで、歯の根はそれ以上ゆるみそうにない。女は諦めて、靴だけを穴に投げ入れた。掘りかえされて、早くも白っぽく乾きはじめた土を、靴の上にかぶせてゆく。茶色いリボンの先も、土にうもれた。犯罪者のように背すじをこわばらせて、両手でまわりから土をかきよせては、何度も穴の上を固めた。

靴を埋めおわっても、まだ何かが女の胸の底で、ぶすぶすといぶっていた。女は、ゴミの山から角がめくれあがったブリキ片を拾いあげると、また草を抜き、穴を掘った。もっと深く。もっと大きく。しだいに女は熱中した。汗が、涙のように唇の脇をすべり落ちる。女は舌の先で、汗をなめてみたりした。

女は、奇妙な思いにとらわれていた。たった今、埋め終った女靴は、どうしても薄闇の中で見た若い女のものでなければならなかった。男と共に、地下鉄の昇降口へ消えていった女は、どうしてもこんな小さな靴をはいていなければならない、と思った。まだ片方が、と女は思った。どうしても、一方を捜しだして埋めなければ。そして、靴を埋めたのだから、どこかに、ほんとうにどこかに、靴をもぎとられた素足の女も、埋っていていいはずであった。男の足にからみついて、かたくひきしまったふくらはぎを持つ素足が、黒い土の中で、しだいに腐っていくことが、あってもいいと思った。肉がくずれ、骨がとびだした足に、小さな虫が巣をつくってもいいはずだ、と思った。

土を掘る音だけがした。頭の地肌と、首すじを焼く陽ざしの中で、土のにおいと、草いきれがますます強くなった。白っぽく輝く、真空の球の中にとじこめられたような、頭がからっぽな感じのまま、女は手だけを機械的に動かしつづけた。

女は、横たわっている自分を感じた。静かだった。誰かの手が、胸の上に、重いものをのせた。大きな石らしい。足の上にも。女の頬に、濡れて乱れた髪がはりついている。冷たいものが顔の上に落ちてくる。次には、もっと多量に、かぶさる。また、かぶさる。唇にも。鼻にも。土のにおいがする。冷たい。胸にも。腹にも。足にも。埋められる……。私は埋められてゆく……。

女はしゃがんで穴を掘り続けていた。白い小花の咲く夏草の中で、女の姿は小さく見えた。

（初出『婦人公論』昭和五十一年十月号）

あとがき

地下鉄の車窓に映る自分の疲れのにじんだ老いた顔を、見る時。買物袋の重さに、しばし休憩と茶房の隅に坐って、ぼんやり遠くをみつめている時。なんの脈絡もなく〝若者よ、ぼくとは、なるな／この救われようのないいらだたしさは／どこからくるのか〟という井上光晴さんの「頽廃前」という詩の断片が、頭をよぎることがある。

春休み中の四人のこども達を残して、ひとり九州の佐世保文学伝習所へと夜行列車で旅立ってから、早くも二十八年。文学の師である井上光晴さんが逝って、十四年にもなろうとする。私は去年、師の享年すら越えてしまった。

文学において、決定的に怠けてしまったこの歳月。いい訳しても、とりかえせない。慚愧のみ。

それでもなお、井上光晴という稀有の作家に、短い期間ではあれ、教えを受けた時期があったことを、忘れたくはないと、筆をおこした。

井上さんと伝習所を文に刻もうと思ったが、自分の拙ない生きかたのあれこれを、弁解することばかりが多くなった。井上光晴さんはジグソーパズルの破片のようにしか、登場していないかもしれぬと、畏れている。

逡巡する私の背を押して下さった伊藤幹彦さん。的確な助言を与えて本にして下さった風媒社社主の稲垣喜代志さんに、心からお礼を申しあげます。編集の林桂吾さんにも感謝しております。

表紙について、苦労をかけた在米のデロリミエール・未緒さんと山下新子さんにも有り難うといわせて下さい。

山下智恵子

二〇〇六年春

［著者略歴］
山下智恵子（やました・ちえこ）
1939年、名古屋市生まれ。
1961年、名古屋大学文学部卒業。
1976年、『婦人公論』女流文学賞受賞。
著書に、『砂色の小さい蛇』（BOC出版部）
『女の地平線』（風媒社）
『幻の塔――ハウスキーパー熊沢光子の場合』（BOC出版部）

装画／山下新子
装幀／夫馬孝

野いばら咲け――井上光晴文学伝習所と私

2006年6月15日　第1刷発行　（定価はカバーに表示してあります）

著　者　山下　智恵子
発行者　稲垣　喜代志

発行所　名古屋市中区上前津2-9-14　久野ビル
振替 00880-5-5616　電話 052-331-0008
http://www.fubaisha.com/
風媒社

乱丁・落丁本はお取り替えいたします。
ISBN4-8331-2059-3
＊印刷・製本／モリモト印刷

寺島珠雄 編集・解説

時代の底から

●岡本潤戦中戦後日記

一九四四年から四六年までの現代の形成期を、日々の現実や、戦時下の小野十三郎、金子光晴らとの交友、敗戦直後の綜合芸術協会、アナキスト連盟設立に至るまで克明に活写。 三二〇〇円＋税

内野光子

現代短歌と天皇制

なぜ、歌人は天皇制の呪縛を解けないのか？ 現代短歌と戦争責任のゆくえ、天皇制と短歌との癒着など、敗戦後日本における文芸と国家権力の関係を、豊富な資料で浮き彫る。 三五〇〇円＋税

玉井五一・はらてつし編

明平さんのいる風景

●杉浦明平「生前追想集」

ルポルタージュ文学の創始者、最後の反骨文士である作家・杉浦明平。彼が戦後日本の諸相に与えた影響の大きさを再検証し、またその愛すべき素顔を語った〝生前追想集〟。

二五〇〇円＋税

杉浦明平

暗い夜の記念に

ウルトラナショナリズムのさ中、日本浪漫派の首魁・保田與重郎をはじめとする戦争協力者・赤狩りの尖兵たちに対して峻烈な批判を展開、人びとを震撼させた私家版を復刊。

二八〇〇円＋税